MW00907766

UN VIAJE MISTERIOSO

¿Qué estás dispuesto a hacer para encontrar un tesoro?

Maribel A. González Torres

ISBN 978-607-59384-7-9
Independently published

Diseño de Forros: Melissa Sánchez
Supervisión de Diseño: María Estela González Acevedo
Corrección de Estilo: Sandra Reyes Carrillo
Gestión Cultural: Araceli Marisol González Torres

Maribel A. González Torres, Aguascalientes, México. Desde temprana edad, me interesé por el arte y por todo lo que  desarrollara mi creatividad, lo que me llevó a descubrir mi pasión por el mundo del *marketing* y la comunicación visual.

Tras completar mis estudios, me gradué con honores como Licenciada en Mercadotecnia, iniciando así una carrera en el mundo del *branding* y la publicidad con la creación de identidad e imagen corporativa para diversas marcas, el desarrollo de estrategias de *marketing* innovadoras y campañas publicitarias efectivas.

Con el tiempo, comencé a sentir una inquietud creativa más profunda. Si bien amaba mi trabajo en el mundo de la mercadotecnia, anhelaba expresarme de una manera más personal. Es entonces cuando decidí explorar una nueva faceta como escritora.

La escritura se convirtió rápidamente en una parte fundamental de mi vida, y en mis viajes encontré inspiración y la oportunidad perfecta para nutrir mi imaginación.

Dedicado a la adolescente que fui un día y que soñó siempre en grande, pensando que todo era posible y que nunca se rindió.

Especialmente dedicado a mi hermana y gestora cultural, Araceli Marisol González, y a mi pareja, Juan José Torres, quien es mi amigo y compañero de vida. Gracias infinitas a ambos por todo su apoyo y por ser parte de la realización de este libro.

En agradecimiento a mi familia y amigos que me mostraron todo su apoyo, amor y confianza.

ÍNDICE

CAPÍTULO 1
PARTEAGUAS

Mi nombre es Itzel. Recién me gradué de Arquitectura. Soy hija única, vivo con mis padres y hoy quiero compartirles un día importante para mí. El día en que todo comenzó... el funeral de mi abuelo.

Sé que no necesito describir el dolor que sentí por su ausencia, por pensar que no podría verlo de nuevo, escuchar su risa, su voz, sentir sus abrazos. Todos dicen que es parte de la vida, pero aun así no es sencillo pasar por esto, y tú y yo sabemos que con el tiempo este vacío no se desvanece, solo aprendemos a vivir con él, pero siempre extrañaremos y recordaremos a los que se nos han ido.

Si me das la oportunidad, deseo contarte un poco más sobre mi abuelo. Desde que murió mi abuela, hace 5 años, él vivía con nosotros en casa. Podía valerse por sí mismo en su totalidad dado que tenía buena vista, buena audición y caminaba muy bien sin ayuda de nadie, aunque un poco lento, sin embargo, decidimos, como familia, y tomándolo en cuenta, que sería mejor que no estuviera solo, incluso por lo difícil que había sido para él haber perdido a mi abuela, a quien siempre quiso profundamente.

En casa tratamos de que se sintiera cómodo e independiente, tenía su propia habitación, que conectaba a una habitación contigua que él usaba como estudio. Mi abuelo fue arqueólogo y le encantaba leer y aprender, hasta el último día de su vida. Le obsesionaban los manuscritos antiguos. Siempre fue muy inteligente, escribió algunos artículos para revistas de arqueología nacionales e internacionales. Solíamos platicar por horas, podía ver el brillo en sus ojos y cómo se iluminaba su rostro cuando hablaba de sus nuevos hallazgos.

El día del funeral de mi abuelo, sentada en la escalera de madera frente a la sala, observé a las personas que me rodeaban vestidas de negro y me di cuenta de que había familia que hacía años no veía, e incluso personas que no conocía. Sé que él fue querido y que en su funeral hubo muchas personas que lo apreciaban y admiraban, pero creo que habría sido más lindo que estuvieran cercanos a él en vida.

Ese día, me sentí sofocada por la gente y el ambiente lúgubre, así que decidí alejarme, me levanté sigilosamente y subí las escaleras hacia la habitación de mi abuelo. Entré y escuché el silencio que había dejado, me seguí de largo hasta su estudio, donde tenía muchos libros, pergaminos antiguos, fotos de él en varias expediciones al sur y centro de México, reconocimientos enmarcados y revistas de arqueología. Frente a su ventana había un telescopio, siempre le interesó la astrología. Era un hombre curioso por naturaleza.

Su estudio parecía un museo, tenía artefactos de navegación antiguos, como el sextante, una brújula antigua, un catalejo y una esfera armilar, además de un hermoso reloj de arena que medía una hora completa, pero, sin duda, lo que más resaltaba en su habitación era un gran mapa del mundo colgado en la pared frente a su escritorio de madera, muy bien iluminado por el radiante sol que entraba por la enorme ventana. Arriba del gran mapa, cuatro relojes circulares de herrería en color negro que marcaban la hora de Londres (19:03), México (12:03), Nueva York (14:03) y Tokio (03:03).

Me senté en la silla de su escritorio amplio de madera y comencé a ver los documentos que, imagino, era lo último en lo que había estado trabajando. Ahí encontré una fotografía que hacía acercamiento a unos glifos tallados en piedra y sobre ella tenía escrito: "Eureka", que en griego significa: "Lo he descubierto".

Me pregunté a qué podría hacer referencia mi abuelo al haber escrito eso en la fotografía, ¿qué es lo que había encontrado?, ¿realmente había encontrado algo?, ¿sería importante?

Seguí viendo lo que había sobre su escritorio para ver si encontraba algún indicio, pero solo encontré varios mapas antiguos de México. Sabía que mi abuelo era curioso, pero también disfrutaba de hablar en claves, eso podía significar cientos de cosas, incluyendo nada importante, así que lo dejé de lado y no puse mayor importancia.

Ese día, dejé todo como lo encontré, quería esperar a que mis padres tomaran una decisión respecto a qué hacer con todas sus cosas.

CAPÍTULO 2
LA DECISIÓN

Días después, nos llamó el abogado de la familia, quería leernos el testamento de mi abuelo, quien tuvo dos hijos: mi madre y mi tío. Yo era la única nieta, mi tío jamás se casó y, siendo soltero, se fue a vivir a Texas. Yo sabía poco de él, pero se dio el tiempo de venir al funeral, e incluso se quedó un par de semanas para pasar tiempo con mi madre, después de todo, tenían muchas cosas que contarse.

Para la lectura del testamento, nos reunimos en la sala de la casa de mis padres; el abogado preguntó si estábamos listos, y todos asentimos sin pronunciar palabra. Comenzó a leer. Recuerdo perfecto el momento en que mencionó mi nombre, pues fui la primera en su lista. Una carta. Mi abuelo me había dejado una carta. La abrí y volví a ver la letra de mi abuelo. No había duda alguna, era su letra.

Regresó la confusión a mi cabeza, pero sobre todo la curiosidad sobre lo que podría haber significado para él la fotografía que decía "Eureka". ¿Era realmente lo último en lo que estaba trabajando y había encontrado algo?

Cuando acabó la lectura del testamento, me dirigí apresuradamente hacia el estudio de mi abuelo sin mencionar nada. Cerré la puerta, me senté junto a su sillón de cuero y comencé a leer la carta con calma. Todo estaba en profundo silencio, pero de pronto las palabras de mi abuelo rebotaron en mi cabeza.

Querida Itzel,

Sabes que eres mi favorita, y no por ser mi única nieta, sino porque te admiro demasiado. En todos mis viajes jamás conocí a un ser humano que fuera curioso, intrépido, valiente, inteligente y con un corazón de oro como tú.

Siempre disfruté nuestras misiones juntos, sobre todo cuando de niña buscabas el tesoro que yo escondía en la casa y tú te guiabas con mis pistas y acertijos. Sé que este momento no debe de ser el más hermoso ni fácil para ti, ya que no podré seguir guiándote de aquí en adelante, pero tengo una misión más para ti.

Si deseas aceptarla, deberás buscar ayuda. Ve a la Facultad de Arqueología en la Universidad Nacional Autónoma de México y busca a Nathan G. Levesque, fue alumno mío hace dos años, cuando llegó como estudiante de intercambio de Canadá para su último semestre. Cuando terminó sus estudios decidió quedarse, ya que estaba fascinado por México y ahora apoya en el laboratorio de la Facultad de Arqueología. Dile que ¡lo encontré! Llévale mi diario que está dentro del primer cajón de mi escritorio, la llave está al final del reloj de arena.

Ocuparás dinero en esta travesía, así que dejé un fondo de ahorro para ti, está a tu nombre y los datos de la cuenta están en mi diario. Solo debes encontrarlos.

Recuerda que te amo y que ahora estaré cuidando de ti desde las estrellas.

Simón Navarrete

Mis lágrimas no se hicieron esperar, lloré como una niña pequeña a la que le quitan un dulce o un juguete. Lo hice por horas. Creo que no había podido hacerlo desde que mi madre me dio la noticia de la muerte de mi abuelo. Creo que mis padres se acercaron a la puerta del estudio para escuchar si yo estaba bien, pero respetaron mi privacidad y me dejaron sola todo el tiempo que necesité. Me quedé dormida llorando y, cuando desperté, la luz del día ya se había ido.

Me dio curiosidad leer el diario de mi abuelo, así que en medio de la oscuridad de la noche me levanté y encendí una lámpara. Acerqué el reloj de arena, el cual, por una razón que hasta entonces yo desconocía, jamás me había dejado tocar.

Lo observé cuidadosamente, busqué la llave, no había nada a simple vista, así que decidí girarlo para que comenzara a caer la arena; al cabo de varios minutos, fui descubriendo una pequeña llave dorada.

Esperé a que terminara de caer la arena y quité los tornillos de la tapa, con cuidado abrí el reloj, lo incliné un poco hacia mi mano y cayó la llave suavemente, luego, volví a cerrar el reloj. Enseguida fui al escritorio de mi abuelo y abrí el cajón con la llave, ahí encontré su diario.

Era un libro grueso de pasta de cuero, atado con un cintillo del mismo tipo de piel; en la portada, en la parte inferior derecha, estaba grabado su nombre; las hojas se veían algo desgastadas. Sabía que era un libro que había llevado con él durante años en sus viajes, se notaba bastante el desgaste. Lo hojeé con cuidado de no romper nada ni tirar ninguna de las hojas que tenía sobrepuestas entre las páginas, todas ellas con notas de él.

Pasé horas viéndolo, había algunos dibujos y varios escritos. De pronto, encontré una hoja tamaño carta doblada por mitad, esta hoja se veía distinta a las demás, estaba mucho más nueva, la abrí y solo tenía escrito al centro una gran Z. La dejé exactamente en donde estaba, revisé detenidamente esa separación y después continué hojeando.

Algunas páginas más adelante encontré otra hoja, con las mismas características que la anterior, pero en esta estaba escrita una gran L, así que pensé que podía ser un acertijo de mi abuelo para mí. Seguí hojeando para encontrar las demás hojas que, asumí, faltaban; después de encontrar otras tres, las uní sobre el escritorio y formaban mi nombre. Las pegué con cinta adhesiva transparente y volteé la hoja, pero el reverso estaba en blanco.

Me quedé observando y me pregunté cuál era el mensaje. Después de unos minutos, dirigí mi mirada hacia una sección del escritorio donde tenía una lámpara de luz negra que llegamos a usar cientos de veces para descifrar códigos en nuestros juegos de búsqueda del tesoro, así que la tomé, cuidé que todo estuviera oscuro en el estudio y encendí la lámpara apuntando hacia el reverso de la hoja. ¡*Eureka!* Descifré el mensaje de mi abuelo.

Con la luz negra aparecieron en la hoja una serie de números y letras, eran los datos completos de la cuenta bancaria que mi abuelo había dejado para mí. Sonreí con algo de nostalgia recordando todas las veces que nos habíamos divertido haciendo esto.

A la mañana siguiente, me sentía ansiosa de ir al banco para corroborar la cuenta a mi nombre, así que me levanté temprano y bajé al comedor para desayunar con mis padres y mi tío, que pronto volvería a Texas.

Mi madre me preguntó cómo me sentía. No estaba segura de contarles a mis padres todo lo que decía la carta y lo del fondo de ahorro, así que decidí reservarme algunas cosas y solo contarles que iría a caminar al centro con Valentina, mi mejor amiga de la universidad. Aceptaron mi decisión y no preguntaron más, solo mi padre añadió:

—Si necesitas hablar con nosotros, aquí estamos, debes saber que no estás sola y que aun cuando tu abuelo ya no está, nos tienes a nosotros y siempre te escucharemos.

Agradecí su buen gesto y sin decir más, me levanté de la mesa.

Al llegar al banco pedí hablar con un ejecutivo para confirmar la cuenta. No fue necesario esperar mucho tiempo, el ejecutivo me pidió mi identificación personal y con eso me confirmó que efectivamente había una cuenta a mi nombre con un millón de pesos. Traté de ocultar el asombro y la emoción ante el ejecutivo del banco, pero sentí cómo mis ojos se abrían de la sorpresa.

Me pareció maravilloso que mi abuelo hubiera pensado en todo, pero... ¡Claro que lo había hecho! Él era así, siempre atento a los detalles.

Me inundó la emoción y al mismo tiempo la curiosidad por la misión que me había encomendado. ¿Era real o todo era parte de un último juego? ¿Cuál era esta misión? ¿Qué es lo que debía hacer y por qué necesitaba la ayuda de un desconocido?

Invadieron mi mente las preguntas: ¿Quién es Nathan? ¿Por qué mi abuelo confiaba en él? ¿Aún estaría trabajando en la Facultad de Arqueología como decía la carta? Saqué el celular del bolso trasero de mi short y marqué a la universidad, pedí hablar al Laboratorio de Arqueología con Nathan G. Levesque, escuché una música de espera y al cabo de unos minutos, al otro lado de la línea, escuché la voz de un hombre. Estaba emocionada, ¿esto significaba que él era real?, pero qué le iba a decir. ¿Mi abuelo había encontrado algo realmente importante? De ser así, ¿qué era y cómo se lo diría a Nathan? Sin saber qué decir, decidí colgar, pero me quedé ansiosa y pensativa, no sabía si realmente debía ir a buscarlo en persona, mostrarle la carta de mi abuelo y pedir su ayuda, tampoco sabía si él querría ayudarme.

Confundida sobre qué hacer, le envié un mensaje a Valentina:

"Tengo que contarte algo importante sobre mi abuelo, ¿podemos vernos en el café de siempre, por favor?".

"¡Claro que sí! Nos vemos ahí en 40 minutos", me respondió.

Me dirigí hacia la cafetería, ubicada en el piso nueve de la Torre Latinoamericana, y mientras esperaba a que llegara

Valentina, pedí un café. Observé la hermosa vista: el Palacio de Bellas Artes, era asombroso, creo que por esa razón nos gustaba ir ahí. Cuando llegó, me dio un fuerte abrazo.

—Amiga, lamento mucho la muerte de tu abuelo, ¿cómo estás?
—Extrañándolo cada día, aún sigo llorando cuando pienso en él y en que ya no está —había sentido un nudo en la garganta, y había cambiado de tema para no llorar—. Ayer leyeron el testamento, me dejó esta carta.

La tomó y la leyó en voz baja. Estaba tan sorprendida como yo, pero creo que más interesada por resolver el misterio de la última misión de mi abuelo.

—¿Ya buscaste a ese tal Nathan? —me preguntó entusiasmada mientras me regresaba la carta.
—No, ¿qué voy a decirle?
—Deberías buscarlo y hablarle sobre esto que te pidió tu abuelo, quizá él sepa de qué se trata.

Me quedé en silencio y pensativa, después de todo, Valentina tenía un buen punto. Luego añadió sonriendo:

—Además, si hace un par de años estaba en la universidad, entonces es joven.

Sonreí apenada. Yo no había tenido novio desde que terminé con mi ex de la preparatoria, el cual había sido celoso y machista, sufrí mucho en la relación y eso me hizo valorar y disfrutar más mi tiempo sola y la libertad de pasar tiempo con mis amigos y compañeros sin reproches y cuestionamientos absurdos.

Mientras Valentina insistía en hacerme burla con el tema de Nathan, yo me cuestionaba qué debía hacer, así que solo dije sonriendo:

—Ok, lo pensaré.

Después de pasar un par de horas con Valentina, regresé a casa de mis padres, pero esta vez no había nadie, así que decidí subir a mi habitación y dormir un poco. Entre sueños, vi a mi abuelo sonreírme, lo abracé y le dije cuánto lo extrañaba. Se sintió muy real, así que aproveché para preguntarle cuál era la misión, pero desperté antes de que él pudiera responderme. Al volver del sueño todo era claro, sentí que debía hacerlo, por muy absurdo que sonara, esa era la última misión de mi abuelo y la había dejado por alguna buena razón. No hacerla sería ignorar su último deseo. Decidí enviarle un mensaje a Valentina:

—Iré a la Universidad para hablar con Nathan.

Ella respondió emocionada preguntándome si deseaba que me acompañara, pero insistí en que era algo que quería hacer sola.

CAPÍTULO 3
HACIENDO EQUIPO

Cuando llegué a la UNAM, me dirigí al Departamento de Arqueología, entré al laboratorio y pregunté por Nathan G. Levesque. Enseguida volteó un chico alto, de 24 años de edad, con el cabello castaño oscuro, de estilo despeinado, ojos color miel y ceja tupida. Me miró fijamente.

—Soy yo.

Siguió mirándome con algo de extrañeza, imagino que esperando escuchar la razón por la que una desconocida preguntaba por él. Yo estaba nerviosa, no tenía claro lo que le iba a decir y deseaba mejor salir corriendo de ahí. Me sentí avergonzada y no vino a mi mente una buena excusa para salir corriendo sin dar mayor explicación, así que decidí acercarme a él y me presenté.

—Hola, mi nombre es Itzel, soy nieta del arqueólogo Simón Navarrete, él me envió contigo.

Estoy segura de que mencionar el nombre de mi abuelo me ayudó a romper el hielo y fue mi mejor presentación. Su respuesta no se hizo esperar.

—Dame cinco minutos —dijo amablemente.

Pasado ese tiempo, comenzamos a caminar por los jardines de la universidad.

—¿Cómo está él?
—Falleció hace una semana.
—Lamento escucharlo —agachó su mirada al piso mientras seguíamos caminando a paso lento y pude notar que realmente lamentaba la noticia.
—Vine a ti porque él me lo pidió —mencioné mientras me detenía frente a él para poder mirarlo—. Me pidió que te mostrara esto y que te dijera que lo había encontrado —le dije mientras sacaba el diario de mi mochila y lo extendía hacia él; sus ojos se abrieron y me miraron con sorpresa. Tomó el libro con ambas manos y lo abrió con delicadeza, pero al azar. Luego, añadí— Me dijo que tú podrías ayudarme.
—¿Ayudarte con qué exactamente?
—Me dejó una carta cuando murió —extendí la carta y se la entregué—, te menciona en ella —después de todo no era cosa mía, era la última petición de mi abuelo—.

Tras entregarle la carta, guardé silencio para que él pudiera leerla.

—¿Cuál es la misión? —me preguntó confundido mientras me regresaba la carta de mi abuelo.

Suspiré.

—Esperaba que tú pudieras saberlo —le dije con tono desconsolado.
—Tu abuelo estaba obsesionado con encontrar el tesoro de Moctezuma.

Me sorprendió escucharlo, porque mi abuelo me contó cientos de leyendas, pero jamás mencionó estar buscando un tesoro.

—¿El tesoro que Hernán Cortés describió como el más grande que jamás había visto y que intentó robar? —pregunté con extrañeza.
—Sí, todo el tesoro estaba escondido en una cámara secreta del Palacio de Axayácatl. Cuando llegó Hernán Cortés a México, Moctezuma lo recibió en el palacio. Al descubrir todo el oro, Cortés lo mandó fundir en lingotes para poder transportarlo, ya que tenía planeado robarlo. La historia cuenta que una noche Cortés y sus hombres intentaron huir con el oro de Tenochtitlán, pero fueron descubiertos y se vieron obligados a dejar el oro. Esa noche se llamó "La noche triste". Murieron unos 600 soldados españoles y miles de hombres mexicas. Esa noche también murió Moctezuma, se

desconoce el motivo de su muerte, pero esto ocasionó que ascendiera como tlatoani su primo Cuauhtémoc, quien decidió deshacerse de toda la riqueza antes de que la ciudad cayera por completo. Un año más tarde, Hernán Cortés regresó en busca del tesoro, pero a pesar de torturar a Cuauhtémoc y quemar las plantas de sus pies, él solo le reveló que lo había tirado al lago. Cortés nunca pudo encontrarlo. El tesoro lleva perdido más de 500 años, por eso es una leyenda.

Por el tono al contarlo y el brillo de sus ojos, pude notar que la leyenda le parecía realmente fascinante.

—¿Crees que mi abuelo se refiere a que encontró el tesoro de Moctezuma? —le pregunté intrigada y a la vez emocionada.
—No —titubeó un poco—, realmente no estoy seguro.

Noté su incredulidad, después de todo, no es lo mismo sentirse atraído por una leyenda que pensar que puede ser real.

—Es verdad, el tesoro no se encontró en su totalidad, pero en 1975 fueron encontradas algunas piezas por un pescador en Veracruz, ¿no es así? —hice una pequeña pausa y lo miré fijamente a los ojos. Le hablé con seguridad.
—Sí, y muchas personas hablaron con el pescador para buscar el resto del tesoro, pero él murió hace cuatro años y no lograron encontrar nada.

—¿Y si todo ese tiempo no buscaron en el lugar correcto? —hice una pequeña pausa y mostré mi entusiasmo—. Mi abuelo confió en ti y creo que fue por una buena razón.

Nathan se quedó en silencio y miró atentamente el diario de mi abuelo, continuó hojeando con cuidado como si se tratase de algún pergamino antiguo de mucho valor. Noté el respeto que le tenía a mi abuelo.

—Encontré también esto sobre su escritorio.

Le mostré la foto con los glifos y la palabra "Eureka" que tenía escrita sobre ella, Nathan tomó la fotografía y, aún con más extrañeza, dijo:

—Pero no tiene sentido, estos son glifos mayas, los habitantes de Tenochtitlán eran aztecas.

Hice una genuina mueca de sarcasmo y sonreí.

—Justamente es ahí donde entras tú —le dije mientras lo miraba a los ojos. Noté que ya estaba intrigado y eso lo tenía a mi favor.

Nathan me observó en silencio.

—Revisaré el diario del profesor Simón, y si encuentro algo relevante te lo comunicaré.

—¡Excelente! Te dejaré una copia del diario, quisiera conservar el original.

—¡Claro! —dijo devolviéndome el diario—, con eso es suficiente para mí.

Retomamos el paso, pero esta vez más aprisa. Nos dirigimos al laboratorio de Nathan, pues ahí tenía una impresora.

Yo estaba a un par de meses de terminar mis estudios y él, según me dijo, tenía bastantes horas que cubrir en el laboratorio, así que acordamos reunirnos cuando él tuviera alguna señal de lo que significaban los glifos mayas que encontramos en la foto o alguna otra información relevante en el diario.

CAPÍTULO 4
EMPRENDIENDO EL VIAJE

Tres semanas más tarde recibí un mensaje de Nathan, me preguntaba si nos podíamos reunir esa tarde. Acepté y le propuse vernos a las 7:00 p.m. en la terraza de la cafetería a la que siempre iba con Valentina. Cuando llegué, el lugar lucía su hermoso estilo industrial y las luces indirectas iluminaban las macetas a la orilla del barandal de la terraza, el *parquet* sonaba a cada paso que yo daba y, frente a mí, había una mesa alta con dos bancos, ahí estaba sentado Nathan y, a un costado suyo se veía el Palacio de Bellas Artes, que ya tenía encendida su iluminación nocturna. Nathan se puso de pie y me saludó con un beso en la mejilla.

Se veía mucho más relajado que la primera vez. El clima comenzaba a refrescar un poco, así que mientras yo ordenaba algo de beber él se colocó una sudadera delgada con capucha. Todavía no traían mi capuchino cuando ya me estaba diciendo lo que había encontrado sobre la foto. Me pareció realmente emocionado.

—Me di cuenta de que no se trata de lo que significan los glifos sino del lugar en el que está tomada la fotografía, este lugar está ubicado en Acanceh, en Yucatán.

—Mi abuelo iba con frecuencia a Yucatán, pero, ¿qué tiene que ver la península maya con los aztecas?

—La fotografía es de un friso ubicado en el Palacio de los Estucos, esta zona es una antigua urbe maya que tuvo su declive entre el 1500 y 1521 d.C., justo cuando los españoles llegaban a México. El estilo que tienen los labrados evoca el estilo de Teotihuacan, por lo que algunos creen que existe una relación, y hay que tomar en cuenta que para cuando Cuauhtémoc escondió el tesoro, esta zona ya estaba casi abandonada por los mayas.

—¿Sabes por qué mi abuelo escribió "Eureka" sobre la fotografía de este sitio?

—Aún no, pero creo que puede tener relación con lo que mencionaste sobre buscar en el lugar equivocado. Necesito ver el friso completo.

—En ese caso, deberíamos ir a Yucatán —sonreí emocionada mientras lo miraba .

—No es tan sencillo. Tú tienes los trámites finales de tu carrera en la universidad y yo no puedo permitirme financiar un viaje en este momento.

—Hay algo que no te he compartido —hice una pequeña pausa mientras sonreía—. Mi abuelo me dejó un fondo para financiar esta expedición.

Nathan se quedó atónito y, cuando por fin parecía que iba a decir algo, se quedó en silencio nuevamente y sólo pudo mirarme. Yo sonreí y agregué:

—Si tú pides unos días de vacaciones en el laboratorio, podemos irnos en un mes que yo haya terminado mis trámites en la universidad.

—Funciona bien para mí —respondió Nathan bastante entusiasmado.

Yo conocía bien el brillo de los ojos de Nathan, era el mismo brillo que había visto cientos de veces en mi abuelo cuando hablaba de sus expediciones y descubrimientos arqueológicos.

Durante el siguiente mes nos mantuvimos un poco más en comunicación, debíamos ver los detalles del viaje: hospedaje, comidas, transporte, etcétera. Además, decidí invitarlo a mi fiesta de graduación, finalmente aprovecharía para que lo conociera Valentina, la cual había estado bastante insistente para que eso sucediera.

El día de la graduación, Nathan pasó por mí. Llegó exactamente a las 7:10 p.m., como habíamos acordado para llegar puntuales a la fiesta.

Vestía un elegante traje azul marino que lo hacía ver aún más alto y de espalda ancha. A pesar de que les había pedido privacidad, mis padres salieron a saludarlo. Me sentía nerviosa, aunque no sabía muy bien por qué, de alguna manera quería quedar bien con Nathan esa noche. Entendí, sin embargo, la curiosidad de mis padres por conocer a Nathan, finalmente era el primer chico que invitaba a casa desde la época de la preparatoria, así que solo me sonrojé y le pedí a Nathan que saliéramos lo más rápido posible de casa. Él sonrió y mencionó que le parecía agradable que se preocuparan y mostraran interés en mí, creo que yo en ese momento no lo había visto así, por lo que agradecí que lo viera de esa manera y esperaba que no lo hubieran incomodado mis padres.

Al llegar a la fiesta, Valentina llegó corriendo a presentarse con Nathan, le extendió la mano y lo jaló un poco hacia ella para saludarlo de beso en la mejilla. Noté a Nathan algo intimidado por la personalidad de Valentina pues, por lo que había podido observar, él era más reservado y serio, pero eso no había impedido que fuera amable con ella. Después de presentarse, Valentina le dijo si me podía robar de su lado unos minutos para que fuéramos juntas por algo de beber.

—Amiga, es bastante guapo y atento, me agrada para ti —dijo Valentina con una enorme sonrisa de oreja a oreja.
—No está aquí como mi cita, es un socio ahora y podríamos llegar a ser grandes amigos, pero no te adelantes, no estoy buscando una relación con él.
—Pero no puedes negar que es muy atractivo.

En lugar de responder a esa pregunta, sonreí nerviosamente, además, sentí que me estaba sonrojando, así que miré hacia otro lado.

—Y no puedes negar que es atento y amable.
—Hemos convivido realmente muy poco para asegurar algo así. Estoy concentrada en cumplir el último deseo de mi abuelo y Nathan es quien, según mi abuelo, puede ayudarme a lograrlo.

Traté de cortar la conversación. Tomé de la mano a Valentina y nos encaminamos a la mesa que teníamos asignada.

Una semana después de la fiesta de graduación, ya teníamos todo listo para el viaje a Yucatán. Me sentía muy emocionada, pero a la vez algo inquieta por hablarlo con mis padres, quienes no tenían, hasta ese momento, idea de lo que estaba a punto de hacer. Creo que había estado evitando enfrentarlos, todo esto me parecía a mí misma una locura, ¿cómo la defendería ante mis padres? Sin embargo, era algo que realmente deseaba hacer.

Una noche antes del viaje me acerqué a mis padres para hablarles de la carta de mi abuelo, el fondo de ahorro que él me había dejado y del viaje que haría con Nathan. Mis padres estaban sorprendidos, creo que un poco confundidos, preocupados y también molestos.

—¿Cómo que has decidido irte de viaje con una persona que apenas conoces?
—Entiendo que les sorprenda, ciertamente yo apenas y lo conozco, pero el abuelo no, fue él quien me pidió involucrar a Nathan.
—Buscar un tesoro perdido suena a una fantasía, perderás tiempo y el dinero que te dejó tu abuelo. En el fondo sabes que no llegarás a nada, mejor úsalo para algo que realmente te sirva.
—Sé que todo esto suena extraño, pero es algo importante para mí, siempre confié en el abuelo, él me dejó todo para hacer este viaje, incluyendo el dinero, y quiero hacerlo.

Para este punto, debo reconocer que estaba hablando molesta, había subido el tono de voz y hablaba también desde mi frustración porque mis padres estuvieron insistiendo en que era algo tonto y que debería desistir de hacer este viaje.

—Entendemos tu curiosidad, pero es peligroso que hagas esto.

En ese momento, sentí el tono de mis padres diferente y entendí que su molestia era por su miedo, así que dejé de subir la voz y continué hablando, pero ya más tranquila.

—La vida en sí misma ya es peligrosa, estamos en riesgo de morir desde el día que nacemos, incluso desde antes, y escuché que la mayoría de las personas cuando mueren no se arrepienten de lo que hicieron sino de todo lo que dejaron de hacer. Sé que, si no lo hago, siempre me preguntaré qué habría pasado si me hubiera atrevido a hacerlo —hice una pequeña pausa, pues mi voz se quebraba y mis ojos se llenaban de lágrimas—, esto es lo último que me queda del abuelo.

Después de decir eso, ya no pude hablar más, me quedé en silencio mirándolos mientras mi vista se nublaba por las lágrimas. A mi madre también se le llenaron sus ojos de lágrimas, bajó el tono de voz y me dijo:

—No es fácil ver morir a los que amamos y es por esa razón que nos aterra la posibilidad de perderte... pero entendemos que estás creciendo y, aunque nos cuesta trabajo, respetaremos tu decisión.

Mi padre también cambió su postura:

—Pero si en algún momento necesitas ayuda, jamás dudes en pedirla, recuerda que siempre estaremos para ti.

Los abracé a ambos y pude quedarme tranquila, les prometí que me mantendría en contacto.

Al día siguiente estaba en el aeropuerto internacional con solo mi bolsa y una maleta de mano, después de todo, solo nos iríamos por un par de días. ¿Qué podría salir mal?

El avión se estaba anunciando para salir a las 10:05 a.m., todo parecía ir viento en popa. Tanto Nathan como yo habíamos llegado puntuales al aeropuerto, hicimos el papeleo correspondiente y el avión despegó sin retraso. En una hora con cuarenta y seis minutos, ya estábamos pisando Mérida.

El clima era caluroso, pero bastante agradable por la humedad. Nos dirigimos hacia un restaurante para poder comer algo y después seguir nuestra aventura. Siempre disfruté de viajar. Para Nathan viajar significaba, al igual que para mí, conocer más de la zona, la gente, su cultura, así que ambos coincidimos en que caminar un poco por el centro histórico de Mérida sería una linda forma de conocer el lugar. Además, creíamos que comer algo típico era la mejor forma de comenzar nuestro viaje.

Llegamos al zócalo de la ciudad y comimos en un restaurante del Pasaje Pichetas, donde pedí un platillo llamado papak-tsul, que son tortillas de maíz en forma de tacos, rellenas de huevo cocido, bañadas en una deliciosa salsa de semillas de calabaza, encima llevaba un poco de salsa de jitomate con chile habanero. La comida era maravillosa, me sentía extasiada de poder degustar cosas nuevas, veía a mi alrededor y había tanto que disfrutar: el clima, los olores, muchas palabras de los locales... en fin, era algo que me estaba gustando muchísimo.

Después de comer y dar un pequeño recorrido por el centro histórico, rentamos un automóvil para movernos más fácilmente hasta la zona arqueológica de Acanceh. Elegimos un Jeep 4x4, es decir, un vehículo todo terreno; era una buena idea para vivir la experiencia completa de una excursión en busca de un tesoro, como lo había visto en las películas.

Ya en la zona arqueológica, después de una hora de trayecto, nos atendió amablemente un guía, el cual nos dejó explorar la zona cómodamente y a solas, esto gracias a que Nathan presentó su identificación de arqueólogo de la UNAM.

Cuando nos paramos frente al Palacio de los Estucos, fue impresionante. Aunque era por mucho más pequeño que otras zonas arqueológicas más conocidas y turísticas, tenía una belleza muy significativa, estaba muy bien conservado.

Nathan se mantuvo en silencio, observaba todo con respeto y curiosidad; la mayoría de los turistas se encontraba observando los mascarones de la pirámide, lo que nos permitió ver a detalle y con tranquilidad los tallados del estuco en el palacio. Pensar en que este era un auténtico sitio prehispánico en el que habitó una civilización tan impresionante y completa como lo eran los mayas me hacía sentir emocionada, era como poder viajar en el tiempo. Nathan estaba enfocado en tomar fotografías con su Nikon, no perdía ningún detalle de los grabados, aunque también tomaba planos abiertos; mientras, yo los observaba con detenimiento, parada frente ellos. Así, hubo uno en particular que llamó mi atención.

—Mira, Nathan, este grabado de aquí es diferente a los demás, parece que tiene más detalles.
—Sí, su cabeza se parece más a la forma en que los aztecas representaban al dios Quetzalcóatl, y aquí en sus manos simula que está cargando algo.
—Pero Quetzalcóatl pertenece a la cultura azteca. Y aquí, detrás de él... Esta construcción se parece a la pirámide de Chichen Itzá.

—Sí, para los teotihuacanos era Quetzalcóatl, pero para los mayas era Kukulkán. La forma en cómo lo representaban, como una serpiente emplumada, es muy similar en ambas culturas, por lo que pudiera tratarse de Kukulkán en lugar de Quetzalcóatl, aunque me desconcierta que estos grabados parecieran más hechos por los teotihuacanos que por los mayas.

—¿Será posible que el tesoro lo guardaran en el templo de Kukulkán?

—Bueno, la zona de Chichén Itzá fue abandonada por los mayas alrededor del año 1250 d.C., por lo que cuando escondieron el tesoro ya tenía tiempo abandonado.

Nos miramos por un momento, emocionados. Nathan se acercó hacia el guía que estaba a unos metros de distancia de nosotros y preguntó hasta qué hora podríamos recorrer las pirámides en Chichen Itzá. El guía miró su reloj y le mencionó que para ver las pirámides debíamos esperar al día siguiente. Luego, añadió:

—Pueden aprovechar el espectáculo nocturno en la pirámide de Kukulcán esta noche a las 7:00 p.m.

Le agradecimos la información y nos fuimos al Jeep, pues tomaríamos el camino a Chichen Itzá. Afortunadamente, fue sencillo llegar, pues eran zonas arqueológicas reconocidas y resguardadas por el INAH.

El sitio estaba lleno de personas de varias nacionalidades, que se encontraban sentadas en el pasto frente a la pirámide de Kukulcán, esperaban que diera comienzo el espectáculo. La pirámide estaba iluminada con una luz neón en color azul, que le brindaba un bello toque de misticismo. Yo veía cómo las estrellas brillaban en el cielo, acompañando la decoración. Justo arriba de la pirámide pude apreciar la luna llena, el espectáculo para mí ya había comenzado.

Buscamos un espacio disponible, nos sentamos y se apagaron las luces que iluminaban la zona arqueológica. Los susurros de la gente cesaron, el silencio y la oscuridad nos invadieron.

Sentí una emoción que me inundaba desde la boca del estómago hasta la garganta cuando, de pronto, entre el silencio, cmenzó una música prehispánica que daba comienzo al espectáculo, dando paso solo unos minutos después a una proyección de luces sobre la pirámide del gran Kukulcán. Una voz masculina narró la historia de la creación del universo desde el misticismo de los mayas.

La historia cautivó mi atención y miré a Nathan, tenía curiosidad de ver su reacción. Después de todo, la historia y la ciencia se complementan para crear la mágica ciudad de los mayas. Nathan estaba tan extasiado como yo de presenciar este espectáculo, así que por un momento me distraje y dejé de pensar en el verdadero motivo por el que estábamos ahí. Me permití disfrutar del espectáculo.

Treinta minutos después, el espectáculo terminó. Me quedé un momento en silencio, aún extasiada por lo que acababa de vivir. La gente comenzó a ponerse de pie. Miré a Nathan y me correspondió con una sonrisa. Extendió su mano derecha para ayudarme a levantarme del pasto. Sonriendo, tomé su mano y me impulsé para ponerme de pie. Vi la hora en mi celular y le dije que debíamos irnos al hotel para hacer el *check in,* ya que se estaba haciendo tarde. Antes de dirigirnos al hotel, sugerí una parada en un restaurante cercano a la zona arqueológica. Sabía que el lugar no me decepcionaría. Varios sitios de la península estaban rodeados por selva. La decoración y la arquitectura eran verdaderamente una experiencia. Y este lugar no había sido la excepción. Para la cena, pedimos un poc chuc de puerco, un platillo basado en carne de puerco asada al carbón y una piña colada para beber.

Ya en el hotel, nos dirigimos a nuestras habitaciones, que estaban una frente a la otra. Nos paramos en medio del pasillo. Yo aún seguía extasiada de lo maravillosa que había sido la experiencia nocturna en Chichen Itzá y la riquísima cena yucateca. Seguro Nathan también, porque nos quedamos viendo uno al otro sin despedirnos, era como si ninguno de los dos quisiéramos que terminara el día, pero sabíamos que se estaba haciendo de madrugada y debíamos descansar, así que le dije:

—Creo que deberíamos llegar mañana muy temprano a Chichen Itzá para encontrar menos gente.

—Sí, estoy de acuerdo. ¿Te parece si nos vemos en el restaurante del hotel a las 6:30 a.m. para desayunar?

—Sí, es buena hora. Te veo mañana —respondí mientras abría la puerta de mi habitación.

—Descansa.

—También tú —le sonreí y cerré mi puerta.

Me dirigí al baño para darme un regaderazo, refrescarme e irme a dormir. Después del baño, sin embargo, me sentí muy despierta y sin sueño. Estaba entusiasmada por el día siguiente, así que decidí salir a la terraza para disfrutar de la vista hacia los jardines del hotel.

A mi alrededor, todo estaba en silencio. Me senté, con el diario de mi abuelo en mis manos, sobre una de las dos sillas del juego de jardín que estaba en la terraza de mi habitación y comencé a ver las fotos que habíamos tomado en Acanceh. Seguí con el diario mi abuelo. Mientras lo hojeaba, descubrí en una de sus páginas una frase: "El secreto está resguardado debajo". Me quedé pensativa. La mayoría de las cosas en el diario eran códigos que esperaba ir descifrando y entendiendo.

A la mañana siguiente, llegué al restaurante con un *short* color militar y una blusa blanca de tirantes. Había recogido mi cabello con una trenza a la izquierda que dejaba ver mi cuello y unos aretes artesanales y coloridos que había comprado el día anterior en el centro de Mérida.

—Es un buen *outfit* para una cazadora de tesoros —mencionó Nathan sonriendo cuando me vio llegar al restaurante.

—Ahora entiendo por qué usan este *outfit* —le respondí con una sonrisa burlona—, con el calor que hace en Yucatán, esto es más cómodo y fresco.

Mientras comíamos nuestro desayuno tipo *bufett* –con fruta de temporada picada, huevos al gusto y café–, le extendí el diario de mi abuelo abierto en la página que había llamado mi atención la noche anterior y apunté hacia el escrito.

—No tengo idea de qué es lo que significa, pero encontré esto anoche.

—Debajo del palacio de Kukulcán descubrieron que hay otra pirámide más antigua y sé que hay una entrada.

—¡Eso es excelente! podemos comenzar buscando ahí —dije entusiasmada mientras continuaba mi desayuno.

Sentí que, en algún momento de la mañana, mientras comía el desayuno, Nathan me había mirado momentáneamente. No pregunté el motivo, así que lo dejé pasar sin darle importancia.

Llegando a la zona arqueológica de Chichén Itzá compré un sombrero tipo Indiana Jones para tapar el sol pues, a pesar de la hora, ya lo sentía bastante intenso, además, con él complementé mi *outfit* de cazatesoros, como había mencionado Nathan. Le guiñé un ojo cuando me puse el sombrero.

Ya cerca de la gran pirámide de Kukulcán, un guía se acercó a nosotros y nos explicó algunos datos curiosos: el efecto del sonido que se produce al dar un aplauso fuerte frente a la pirámide, como el sonido de un ave. Este mismo efecto, según nos dijo, se encuentra en la pirámide de Teotihuacán. Las similitudes entre ambas civilizaciones siguen atrapando mi curiosidad.

El guía también nos mencionó la simetría con que está hecha la pirámide de Kukulcán. Según nos dijo, tiene cuatro entradas en su parte más alta. Para llegar a cada uno de sus accesos, hay una escalinata que se compone de 91 escalones, las cuatro escalinatas de cada cara suman 364 escalones y al añadir la base de la pirámide suman en total 365 escalones. Impresiona que el resultado sea el mismo número de días que compone un año en nuestro calendario actual. Además, la escalinata tiene el mismo número de días que dura cada estación del año hoy en día. Las similitudes son realmente impresionantes, quienes construyeron estos santuarios sin duda sabían realmente lo que hacían. Además, tanto en el equinoccio de primavera como en el de invierno la pirámide hace un efecto visual con la luz del sol, simulando una serpiente en el borde de la escalinata principal, esta luz va desde arriba y llega hacia la cabeza tallada en piedra con forma de serpiente, que tiene la escalinata en su base. Para los mayas, esto representa que durante el equinoccio el dios Kukulcán regresa para bendecir a su pueblo. Muchos visitantes llegan a este sitio dos veces al año vestidos de blanco, ya que se cree que tiene el poder de cargarnos energéticamente.

La zona de Chichén Itzá nos pareció realmente impresionante, no solo por su tamaño sino también por su conservación. El lugar es una zona abierta bastante amplia que presenta muchos vestigios de la gran civilización maya. Una de las edificaciones que más llamó mi atención es el Templo de los Guerreros, el cual tiene un impresionante tallado en cada uno de sus pilares y representa a personajes armados y con vestimenta ceremonial, así mismo, tiene una escalinata que conduce hasta un Chac Mool ubicado en la parte de la terraza. En algunas zonas, en los muros se puede apreciar una marca del color que tenía originalmente; imagino la magnificencia que debió tener en su momento esta zona con grandes y coloridas estructuras.

Yo estaba fascinada con los datos curiosos y el recorrido por la zona, pero llevábamos ya un rato, así que Nathan le preguntó al guía:

—¿Crees que nos puedas dar acceso al interior de la pirámide? —mientras le mostraba su identificación como arqueólogo de la UNAM.

El guía lo miró con dudas y después le preguntó:

—¿Por qué quieren entrar?

Nathan le respondió tratando de mostrarse menos interesado:

—Soy arqueólogo, quiero poder ver más allá de lo que como turista puedo apreciar y aprender en el campo, más de lo que puedo conocer en la teoría estando en el laboratorio. Puedes confiar en nosotros, ya tienes mi nombre completo y el lugar en donde trabajo.

El guía nos miró con desconfianza, entrecerrando los ojos, y le dijo a Nathan que necesitaba confirmar que realmente fuera quien decía ser. Se retiró con la identificación de Nathan, vimos que estaba hablando con alguien a la distancia y posteriormente hizo una llamada telefónica, después de unos minutos, al fin se acercó a nosotros para confirmar que podíamos entrar, pero que no debíamos tocar nada, y que tampoco teníamos permitido grabar o tomar fotografías, apuntando hacia la cámara que traía colgando del cuello Nathan, por lo que tuvimos que dejarla con el guía mientras ingresábamos al interior de la pirámide.

El guía nos dirigió hacia uno de los costados internos de la escalinata principal de la pirámide; cruzamos la cuerda que indica que está prohibido el paso, y que se encuentra colocada en todo el perímetro del templo. Al llegar al acceso interior de la pirámide, había una reja de acero desde donde solo podíamos apreciar la oscuridad; el guía se paró a un costado pegando su espalda al muro y viéndonos de frente extendió su brazo izquierdo; con eso, nos indicó que podíamos entrar. Pasamos primero Nathan y yo, luego, entró el guía, quien cerró el cancel que privatiza la entrada a la pirámide.

Una vez dentro, encendimos nuestras lámparas para poder apreciar con mayor claridad todo. Caminamos por los estrechos y altos pasillos, que tenían forma de sarcófago, y subimos varias escaleras que nos condujeron hacia una cámara amplia y perfectamente bien delimitada en sus muros. Todo dentro de la pirámide estaba construido en piedra, los muros, las escaleras, y la cámara a la que habíamos llegado, pero ésta tenía además un recubrimiento de estuco en algunas zonas. Era sorprendente cómo su interior estaba tan perfectamente bien construido y conservado.

Al llegar a esta primera cámara, la cual era bastante amplia, encontramos en el centro un Chac Mool que atrapó nuestras miradas.

—Ahora estamos parados en lo que debió de ser una de las terrazas de la antigua pirámide. Este tipo de escultura de piedra generalmente se ha encontrado fuera de lo que para ellos era una zona sagrada.

Nathan hablaba fascinado mientras observaba todo a su alrededor, parecía un niño en un parque de diversiones. Se puso en cuclillas quedando su cara frente al rostro del Chac Mool. Sus ojos brillaban de emoción.

—Mira la perfección con que incrustaron la concha nácar para formar sus dientes y las incrustaciones de piedras en sus ojos, es realmente fascinante.

Se puso de pie y recorrió todo alrededor de la escultura, admirando la forma en que fue tallado y cómo ahora se erigía imponentemente. Después de unos minutos, dirigió su mirada hacia la otra cámara de la pirámide, que se encontraba justo detrás del Chac Mool. Esta cámara tenía dentro lo que se conoce como el trono del jaguar, una escultura en piedra con un tono rojizo, más pequeña que el Chac Mool, pero igualmente con hermosos detalles de incrustaciones de piedra de jade en sus ojos y concha nácar en sus colmillos. El trono del jaguar parecía una silla recta que miraba hacia el Chac Mool. La entrada a esta cámara era un poco más estrecha y baja, pero aun así la altura de la puerta era de al menos unos dos metros de alto por metro y medio de ancho, por lo que debimos subir un par de escalones para entrar en ella.

En la parte del techo tenía los restos de lo que habría sido la fachada la cámara, ubicada en la parte superior de la antigua pirámide. Algunas zonas se veían mohosas, pero el resto estaba perfectamente bien conservado, incluyendo las dos esculturas talladas en piedra. Podría decir que en su conjunto todo esto era una verdadera obra de arte.

—Esta debe de ser la cámara sagrada —apuntó Nathan hacia la zona en donde se encontraba el trono del jaguar mientras se acercaba hacia ella—, imagino que, si hay algo que pudo haber visto el profesor Simón, sería en esta zona.

Nathan comenzó a observar los muros detenidamente. Quería encontrar alguna pista, por ello apuntaba con su linterna hacia cada muro de la cámara. Nuestro guía nos observaba desde la entrada de la primera cámara y permanecía en silencio, imagino que cuidaba que no tocáramos las esculturas o los muros. Yo también me puse a buscar entre los muros, el piso y las dos figuras de piedra, pero los muros estaban completamente lisos, solo se podía ver el estuco desgastado en algunas partes, pero no contenían tallado alguno.

Después de observar esto, Nathan, un poco desalentado, me miró a los ojos y se sentó en el suelo de la cámara sagrada, con las piernas dobladas hacia su pecho y sus brazos apoyados sobre sus rodillas; me acerqué a él y me senté a su lado en silencio por unos minutos para después comentarle:

—Puede ser que nos hayamos equivocado de pirámide. Anoche, mientras observaba las fotografías que tomamos de los estucos, noté que la forma de la pirámide es similar a la pirámide encontrada en Palenque, Chiapas.

—Pero debemos regresar hoy mismo hacia CDMX, ya tenemos comprados los boletos y yo debo presentarme en el laboratorio el día de mañana —comentó preocupado.

—Bueno, los boletos en realidad los compré abiertos, pensando en la probabilidad de que nos encontraríamos con algún inconveniente —le dije sonriendo. Cuando era niña y hacía la búsqueda del tesoro con mi abuelo, la primera pista no solía llevarnos al hallazgo del tesoro, pues era en realidad solo eso, una pista.

—De acuerdo, ampliaré mis días de vacaciones en la universidad, después de todo, hace tiempo que no pedía vacaciones. Para ser franco contigo, mi vida entera estaba en el laboratorio, no solía salir mucho —mencionó Nathan algo avergonzado.

—¡Excelente! En ese caso, iremos a la siguiente parada... Las ruinas de Palenque.

Esa misma tarde, viajamos en el Jeep por casi nueve horas para llegar a Palenque, Chiapas. Llegamos de noche, ya cansados y con sueño, así que buscamos un hotel para hospedarnos cerca de la zona arqueológica de Palenque.

A la mañana siguiente, ya más descansados, fuimos a buscar un sitio para desayunar. Llegamos a un restaurante de comida orgánica construido en dos niveles, con madera de bambú y hoja de palma como techo; las terrazas con piso de piedra en la planta baja y madera en la planta alta daban un bello contraste a su composición arquitectónica y hacían del lugar algo aún más placentero y fresco, permitiéndonos disfrutar de las vistas que nos regalaba la naturaleza a sus alrededores. Ahí pedí fruta y un jugo de naranja para comenzar, seguido de unos tacos dorados rellenos de pollo bañados en una salsa roja con crema y queso chiapaneco, la presentación era exquisita y el sabor aún mejor.

Después de desayunar, tomamos rumbo hacia la zona arqueológica. Supimos que estábamos cerca porque se asomaba ya, entre los árboles, el imponente Templo de las Inscripciones, de casi 23 metros de alto. Su construcción de nueve niveles emulaba los niveles de Xibalbá, el inframundo maya. Nuestro objetivo era entrar a la tumba de uno de los gobernantes mayas más importantes, llamado Kinich Janaab Pakal, conocido también como Pakal el grande.

La cámara fue construida por el mismo Pakal, durante la última década de su vida. Pretendía que fuera su sarcófago. Al morir, terminó la construcción su hijo. Fue descubierta en 1952 y cerrada al público en 2004, para evitar más deterioro, pero el trabajo de Nathan estaba resultando bastante efectivo en nuestro viaje.

En lo alto de la pirámide se encontraban varias inscripciones con jeroglíficos, se sabe ahora que descifrarlos llevó alrededor de 75 años de estudios, y que relatan la historia de la familia real de Palenque, algunos pasajes de sus guerras y sacrificios humanos realizados.

Bajamos una escalinata oculta y bastante pronunciada que partía desde la parte superior del templo. Tenía sesenta y siete peldaños, que conducían a la cámara de la tumba real. Llegamos a una bóveda de una superficie de 21 m² con una altura de casi siete metros, ahí vimos la gran lápida de piedra caliza que tenía cuatro metros de largo y casi siete toneladas de peso; cubría el sarcófago del rey Pakal. Una vez dentro de la cámara funeraria, notamos que la tumba tenía descubierto el interior del sarcófago y que estaba vacío. Nathan miró al hombre que nos acompañaba y le preguntó:

—¿En dónde están los restos humanos que se encontraron en el sarcófago? Sé que también fueron hallados a la entrada de la cámara funeraria dos sirvientes que fueron sacrificados para que lo acompañaran en su muerte por el Xibalbá.
—Están en resguardo por un grupo de antropólogos.

Nathan guardó silencio y siguió viendo la gran lápida que en su momento cubría el sarcófago. Observamos en ella, con acabado en bajo relieve, la figura del rey Pakal, suspendido en el aire.

—Éste, se cree, representa el momento en que el rey Pakal inicia su caída al reino de los muertos, simbolizado por las fauces abiertas que están a punto de tragarlo —mencionó Nathan mientras apuntaba hacia ambos costados de la parte inferior de la lápida. Luego, continuó—. Para los antiguos mayas, la vida no termina con la muerte, sino que el hombre continúa viviendo, siempre y cuando se le disponga lo necesario para el largo viaje que le permita estar junto a las divinidades. La tumba está intencionadamente ubicada sobre un sistema de aguas pluviales que pasan por debajo de Palenque, ya que representa el camino hacia el inframundo. Los mayas siempre relacionaron el agua con el origen y el fin de la vida.

—¡Eso es! ¿Y si se refiere a que el tesoro está por debajo, en el inframundo? Cuauhtémoc mencionó a los españoles que había tirado el oro al lago, quizá sí lo tiró, pero nunca aclaró a cuál lago. La máxima representación del inframundo está en los cenotes —dije entusiasmada.
—Pero, ¿en cuál? Hay al menos unos siete mil cenotes en toda la península de Yucatán.
—En el Cenote Sagrado. Pasa por debajo de la Pirámide de Kukulcán y se consideraba la principal entrada al inframundo.

—Debemos regresar a Chichen Itzá, la entrada al Cenote Sagrado está a menos de dos kilómetros de la pirámide de Kukulcán.

Entusiasmada, comencé mi búsqueda por Internet para conocer los requisitos que debíamos cubrir para entrar al Cenote Sagrado.

—Cualquiera puede entrar y nadar en el cenote, pero solo los buzos certificados pueden recorrerlo hasta donde conecta con el templo.
— Bien, ¿sabes bucear?
—No, ¿y tú?
—Tampoco.

Continué mi búsqueda por Internet y añadí:

—Este sitio menciona que certifican a turistas en buceo, y por el mismo costo de la certificación ofrecen un recorrido por el museo subacuático de arte.
—Muy bien, nuestra siguiente parada es Cancún, en Quintana Roo.

Este nuevo plan retrasaba nuestro regreso a la Ciudad de México, por lo que Nathan debía avisar nuevamente que no podría presentarse en el laboratorio. Decidió hacerlo por medio de una llamada telefónica, pero esta vez su jefa ya no estuvo muy conforme. Interrogó a Nathan, pues le pareció inusual su comportamiento de las últimas semanas. Nathan le dijo:

—¿Recuerdas al profesor Simón Navarrete?

—Sí, claro, pero falleció hace unas semanas.

—Estaba trabajando en algo antes de su muerte, creía que había descubierto algo importante, pero no alcanzó a terminar su investigación; su nieta vino a verme y me pidió que le ayude a terminar la investigación de su abuelo.

—¿De qué descubrimiento estamos hablando?

—No estoy seguro, sigo trabajando en entenderlo aún, pero creo que sí puede ser algo realmente importante.

—Necesitarás ayuda, nuestro departamento de investigación de la UNAM y el INAH pueden apoyarte con esto.

—No tengo nada claro aún, estoy trabajando con unas notas que dejó el profesor Simón, pero creo que es mejor que involucremos al INAH hasta que tenga algo más sólido, ¿no crees?

—Está bien, pero quiero que, si encuentras algo, sea lo que sea, me llames de inmediato. Sería bastante bueno que los medios nos relacionen con este hallazgo.

—Claro, cuenta con ello —respondió Nathan con tono firme y terminó la llamada.

—Creo que es bueno que tengamos el apoyo de tu jefa –le dije–, pero mi abuelo me contó hace tiempo que existen tres grupos de personas que están en busca del tesoro de Moctezuma desde hace años, ¡debemos tener cuidado!

Llegamos al bello Cancún, con sus grandes hoteles, tiendas, bares y restaurantes a lo largo de toda la costa. Pero antes de hacer cualquier actividad en la playa, debíamos hacer una parada para comprar algunas cosas que necesitaríamos en nuestro viaje. La certificación de buceo duraría tres días, así que podíamos aprovechar y disfrutar de las maravillas de Cancún. Aprovechamos para ir a Xcaret, donde hicimos algunas actividades extremas. Noté que Nathan también lo estaba disfrutando, se veía emocionado y sonreía mucho más; debo admitir que en esos días noté que tenía una sonrisa muy linda y los hoyuelos en sus mejillas le daban mucho carisma.

Aprovechamos para ver el espectáculo nocturno, que representaba algunas escenas de tradiciones mayas con mucho respeto. Otra noche disfrutamos de una deliciosa cena con música de ritmos latinos en vivo. Bailamos y nos reímos mientras tomamos algunos cócteles.

—Me estoy enamorando aún más de México, su historia, sus tradiciones, sus impresionantes lugares y, por supuesto, de la gente —mencionó Nathan con una sonrisa coqueta y mirándome fijamente a los ojos cuando llegamos a nuestras habitaciones del hotel. Yo me puse nerviosa por su mirada y solo agregué:
—Tenemos la fortuna de tener un país bastante completo, con desiertos, selvas, arrecifes, playas, hermosos pueblos nevados, zonas montañosas y bosques. Alguna vez leí que

México cuenta con aproximadamente 70% de la flora y fauna del mundo.

—Creo que no te he dado las gracias por todo este viaje. Está siendo muy impresionante para mí conocer otra mirada de México.

—Hay que dar las gracias a mi abuelo, después de todo él nos patrocinó este viaje, muy a su estilo misterioso.

Ambos sonreímos y añadí.

—Cuéntame de ti, ¿de cuál zona de Canadá vienes?

—Nací en Quebec.

—Me gustaría saber sobre ti.

—Bueno, no sé qué puedo decirte... —hizo una pequeña pausa y después continuó diciendo— ...soy hijo único, fui criado por mis padres.

—Hablas muy bien el español.

—Desde niño aprendí a hablar inglés y francés, creo que los idiomas no son algo que se me dificulta, pero la verdad es que tu abuelo me ayudó mucho con mi pronunciación.

—¿Ustedes estaban unidos?

—Tu abuelo fue alguien a quien yo siempre admiré. Pero bueno, en realidad no estoy acostumbrado a hablar de mí.

Le sonreí, agradecí por compartir conmigo esta aventura y cada uno entramos a nuestras habitaciones.

Mi parte favorita de la certificación de buceo fue llegar al Museo Subacuático de Arte, con más de 400 esculturas sumergidas que desde hacía trece años habían estado siendo cubiertas por los corales y algas en el fondo del Caribe Mexicano. Los detalles de cada escultura y la variedad de peces que pasa a través de ellas fueron algo impresionante. También me sorprendió el dato curioso de que muchas de estas esculturas habían sido inspiradas en locales de la zona.

Después de esos maravillosos días en Cancún, nos dirigimos nuevamente a Yucatán para continuar con nuestra travesía. Descendimos hacia el Cenote Sagrado por unos escalones de piedra, llegamos lo más temprano que pudimos para entrar al cenote. Nos entregaron equipo de buceo y nos dirigimos hacia el interior del cenote en compañía de un guía. Cruzamos a través de una cueva subterránea a la que ya no llegaba suficiente luz. Conforme nos adentramos, la oscuridad fue más intensa, lo único que teníamos eran nuestras linternas, pero ayudó el hecho de que el agua era bastante clara. Se podían apreciar las grandes formaciones naturales en la piedra caliza. Cuando salimos a la superficie, recibimos algunas indicaciones y explicaciones históricas. Era temprano, pero había varios buzos en la zona. Después de algunos metros recorridos, el guía nos explicó que ya no debíamos seguir más adelante, pues la zona no había sido explorada aún y eso podía hacer que fuera inseguro; asimismo, nos indicó que podíamos permanecer treinta minutos haciendo fotos, pero después teníamos que regresar.

Sin que el guía nos viera, aprovechamos para poder adentrarnos más hacia la pirámide de Kukulcán.

Mientras atravesamos la zona inexplorada, los caminos se hicieron más estrechos. Me dio miedo. Cuando nos acercamos más a la pirámide, encontramos algunos restos humanos. Nuevamente, me asusté. Jamás había estado cerca de restos humanos y mucho menos con un antepasado histórico tan trascendente, con mucha probabilidad habían sido ciudadanos mayas. Nadé hacia la parte más alta de la caverna para alejarme de los restos. Nathan se acercó a mí cuando vio mi reacción y, cuando vio lo que yo también había visto, me tomó de la mano para que siguiéramos avanzando.

Cuando llegamos a la parte central, justo debajo de la pirámide, había unas escalinatas de piedra perfectamente simétricas que destacaban entre las rocas naturales, las cuales parecían no conducir a nada. Teníamos el tiempo contado, debíamos estar de regreso con el grupo al momento de hacer la salida del cenote.

Entre las piedras buscamos escritos, alguna señal o compartimento que dirigiera hacia el interior de la pirámide o túnel, pero no encontramos nada, el tiempo se nos estaba terminando y debíamos regresar de inmediato. Nathan me hizo una señal apuntando hacia su reloj y nadamos juntos hacia donde estaban los demás. Ya iban rumbo a la salida cuando nos incorporamos. El guía se acercó a nosotros y nos preguntó, con señas, de dónde veníamos, pero pareció quedarse satisfecho cuando le indicamos que estábamos sacando algunas fotos.

Cuando salimos del cenote, hablamos poco. Nos sentíamos desalentados por el resultado. Luego de entregar el equipo de buceo nos dimos un regaderazo y después nos dirigimos hacia el estacionamiento, donde habíamos dejado la Jeep. Una vez dentro, Nathan comentó:

—Siento que no estamos llegando a nada, parece que solo estamos yendo de un lado para otro.
—No entiendo qué es lo que estamos interpretando mal, ¿qué no estamos viendo? —añadí conflictuada e impaciente mientras sacaba el diario de mi mochila y lo hojeaba nuevamente.

CAPÍTULO 5
EL ENTORNO SE PONE OSCURO

Esa noche, en Yucatán, nos quedamos hasta tarde en mi cuarto, revisando con detenimiento las pistas que teníamos hasta ese momento: la fotografía de los glifos mayas, su diario y la carta que me había dejado, así como las fotografías que tomamos nosotros del Palacio de los Estucos, donde estaba el mismo tallado en las piedras que el de la foto de mi abuelo. Nathan observaba todo con detenimiento, recogía las mangas de su camisa y peinaba con sus manos su cabello. Estaba sentado en una silla frente a la mesa donde teníamos todo extendido. Yo me encontraba de pie, a unos metros, observando. Su ceño estaba fruncido y noté que hacía eso cada vez que se ponía pensativo. A los pocos minutos, aún sentado, echó su cuerpo hacia atrás y dio un fuerte suspiro. Sentí que estaba decepcionado e incluso quizá un poco molesto, así que dije:

—Es probable que estemos interpretando mal la pirámide, hemos buscado en Kukulcán y en la de Pakal el Grande, pero, ¿y si fuera otra pirámide?
—Puede ser que tengas razón, pero, si fuera así, ¿cómo vamos a saber cuál es? Hay 187 zonas arqueológicas en México —levantó el tono de voz y movió más sus brazos y manos—. No podemos ir a todas porque estaríamos perdiendo demasiado tiempo y dinero.

Guardó silencio un momento y suspiró. Después, con un tono de voz tranquilo, dijo:

—Llevamos semanas en esta búsqueda, y ha sido divertido e interesante, no te lo voy a negar, pero solo ha representado eso: un viaje de aventura. Es momento de terminar este juego, no gastes todo el dinero que te dejó tu abuelo en esto, úsalo para algo que te sea realmente de utilidad.

—¿Entonces crees que mi abuelo mintió sobre haber encontrado el tesoro? —pregunté con tristeza, decepción y molestia.

—No creo que mintiera, quizá creyó que lo había encontrado y que no tuvo tiempo de ir a buscarlo, pero ya no hay tal tesoro, era un anhelo de tu abuelo, es probable que no sea más que otra leyenda.

Sus palabras me hicieron sentir molesta, pero también demasiado triste, sentí como si me hubieran zangoloteado emocionalmente. Hasta ese momento, él había sido el único que no me había juzgado por hacer esa locura, me sentía escuchada siempre por él y ahora me estaba diciendo lo mismo que todos los demás.

Lo miré fijamente a los ojos, pero me quedé en silencio, no sabía qué decir en ese momento, en especial al sentir que mis ojos estaban llenándose de lágrimas. Mi corazón estaba acelerado y podía sentir cómo latía fuertemente. Yo no quería llorar frente a Nathan, así que desvié la mirada y, después de un silencio incómodo, Nathan dijo con firmeza, pero al mismo tiempo con suavidad:

—Mañana regresaré a CDMX, espero poder tener aún la oportunidad de recuperar mi empleo en la universidad.

Sabía que tenía razón sobre el riesgo de su empleo, ya había invertido demasiado tiempo en esta búsqueda conmigo, pero también sentí que eso significaba el final de nuestra travesía juntos. Sentí que con eso regresábamos cada uno a hacer lo nuestro y que jamás volveríamos a hablarnos, lo cual me hizo experimentar una profunda tristeza; sentí que lo único que nos conectaba era el objetivo de encontrar el tesoro y sin ello ya no había motivos para seguir viéndonos o hablándonos. No sabía qué decir, y menos hacerlo sin llorar, así que me quedé en silencio, volteé a verlo y asentí con la cabeza.

Después de eso, Nathan se retiró de la habitación, en silencio, con la mirada al piso. Su espalda, fuerte y erguida, que había visto en las actividades extremas que realizamos en Cancún, se veía diferente. Lo vi salir y cerrar la puerta. Enseguida, hubo soledad en mi habitación.

Esa noche no pude dormir casi nada, me sentía inquieta. Me levanté de la cama, en la oscuridad, y me senté en la silla en la que se había sentado Nathan mientras veíamos por última vez las pistas. Me puse a ver las fotografías en mi celular que habíamos tomado de nuestros días en Cancún, sonreí ligeramente mientras me invadía la nostalgia.

A la mañana siguiente, llegó a tocar la puerta de mi habitación. Estaba en mi puerta para preguntarme si también regresaba a CDMX. Su tono de voz había cambiado, le faltaba brillo. Respondí con firmeza:

—Entiendo por qué te vas, no puedo pedirte que te quedes, pero yo sí voy a quedarme. Siempre confié en mi abuelo y necesito llegar hasta el fondo de esto, aunque quizá descubra que no hay ningún tesoro al final del arcoíris, necesito llegar.

—¿Cómo sabrás que has llegado al final?

—No lo sé, pero supongo que sentiré cuando llegue.

—De acuerdo —asintió con la cabeza. La expresión en sus ojos parecía triste.

Me preguntó si podía despedirse de mí con un abrazo, a lo que yo asentí y, en silencio, se acercó para abrazarme. No estoy segura cuánto tiempo duró el abrazo porque perdí la noción del tiempo, solo sentí su corazón latir fuertemente en su pecho, era la primera vez que nos abrazábamos, la primera vez que notaba su cercanía y su aroma. No hubiera imaginado cuánto disfrutaría de este abrazo, pero al mismo tiempo sentía nostalgia de saber que era a causa de una despedida. No sabía qué es lo que seguía para nosotros, si nos volveríamos a ver o hablar, pero yo estaba segura de continuar y me sentía tranquila de saber que estaba respetando su decisión de volver a CDMX y también respetando mi decisión. Al apartarnos, solo sonreí agradecida hacia él.

Me dio las gracias y se dirigió a su habitación. Lo miré alejarse mientras suspiré tranquilamente y me di la vuelta para entrar. No sé en qué momento se fue del hotel, pues evité encontrarme con él en las próximas horas.

Por la tarde, comí en el restaurante del hotel. De pronto, el mesero llegó con un cóctel, cortesía de cuatro personas que estaban sentadas en otra mesa.

—Gracias, pero diga a las personas, por favor, que no los conozco y que no puedo aceptar su regalo —le dije al mesero después de voltear hacia la mesa y ver a un joven más o menos de mi edad que levantaba su cerveza para brindar conmigo a la distancia. Iba acompañado de otros dos hombres de entre 35 y 40 años de edad.

Al cabo de unos minutos, llegó el joven y me preguntó si podía sentarse en mi mesa, a lo que respondí con una pregunta:

—¿Qué es lo que quieres?

Sin haber aceptado, tomó la iniciativa y se sentó en una silla. Se presentó extendiendo su mano izquierda y comenzó a explicar su verdadera razón para hablar conmigo.

—Mi nombre es Raymond, y realmente deseo hablar contigo, Itzel.

Aterrada, le pregunté cómo sabía mi nombre, pero en ese instante se sentaron a mi mesa las otras tres personas que lo acompañaban. Tomó el mando de la conversación un hombre alto de nacionalidad estadounidense, de alrededor de 40 años de edad.

—Los hemos estado rastreando a ti y al chico desde que pasaron por Chichen Itzá. Para ser cazatesoros, son muy novatos.
—¿Nos han estado siguiendo todo este tiempo?
—Cuando tu amigo y tú entraron a la pirámide de Kukulcán, dejaron su cámara en resguardo, y aprovechamos para ponerles un micrófono y un rastreador satelital.

Me sentía molesta, pero también asustada. Nathan tenía la cámara, lo que significaba que seguían rastreándolo; en cuanto a mí, habían dejado de poder rastrearme, y por eso me habían abordado desesperadamente. Me preguntaba qué estaban dispuestos a hacer por encontrar el tesoro.

Intenté mirar al mesero que me estaba atendiendo con el fin de pedir ayuda, pero recibí la amenaza del otro hombre a mi lado.

—No te conviene poner en peligro a tu amigo. Es mejor que te muestres calmada y nos escuches, realmente no planeamos hacerles daño, solo queremos hacer una negociación.

Me quedé en silencio, pero sentía que todo mi cuerpo estaba sudando, me sentía acorralada y entendí que ellos tenían el control total de esta situación, así que seguí escuchando.

—Durante más de sesenta años mi familia ha estado buscando el tesoro de los aztecas. Lograron tener en sus manos un mapa que marcaba dónde estaba el tesoro que habían escondido de los españoles, el mapa indicaba que se encontraba en el estado de Utah, Estados Unidos. Estuvieron buscando por años, incluyendo el estado de Arizona, pero no encontraron nada. Llegaron a la conclusión de que todas las piezas de oro y piedras preciosas que se han encontrado en la búsqueda de este tesoro fueron escondidas intencionalmente por los aztecas, tanto en México como en Estados Unidos, para confundir a todo aquel que intentara buscar el tesoro. Pero... creo que tú tienes algo que nos puede ayudar a encontrar el tesoro. Sé que tu abuelo te mencionó que lo había encontrado y que te dejó un diario con sus escritos. Así que ¡hagamos equipo!, y dividiremos el tesoro.

—No planeo quedarme con el tesoro. Una vez que lo encuentre, reportaré el hallazgo al INAH y a la UNAM.
—Pero son lingotes, no piezas prehispánicas; ¿qué exhibirán en los museos, un montón de lingotes de oro? —mencionó riéndose abiertamente en tono sarcástico y de burla.

Me sentí bastante molesta por su actitud. El hombre mostraba soberbia y avaricia, no me agradaba en lo absoluto, pero tampoco me inspiraba confianza, así que preferí quedarme en silencio mientras miraba cómo se ponía de pie, ya estaba ebrio. Se acercó a la barra para pedir otra cerveza.

En ese momento, Raymond mostró algo de empatía y se dirigió hacia mí:

—Lamento que te hayamos asustado, realmente no tenemos intención de lastimarte. Gus solo está alardeando porque él es así —mencionó mientras apuntaba con la mirada hacia el hombre que estaba pidiendo la cerveza y continuó diciendo—. Toda su familia, que había estado involucrada en la búsqueda del tesoro, murió en condiciones inexplicables. Mi madre está segura de que los aztecas maldijeron el oro para que nunca fuera encontrado. Gus es mi tío, y mi madre no quería que yo me involucrara, pero es algo que siento que debo hacer. Se lo debo a mi padre, quien fue parte de la última expedición para buscar el oro en una cueva subterránea. Creen que cuando los aztecas escondieron el oro en la cueva la inundaron intencionalmente, varios que exploraron la cueva ya habían dicho que se vieron obligados a salir porque vieron cosas aterradoras dentro, incluyendo espíritus, pero en la última expedición todos los buzos, incluyendo mi padre, murieron.

—También siento que debo hacer esto, fue la última petición de mi abuelo, pero él era arqueólogo y estoy segura de que no quería que el hallazgo se perdiera. No puedo aceptar hacer esto con ustedes y que roben el oro.

Gus escuchó la respuesta que le di a Raymond. Al sentarse nuevamente en la mesa, interrumpió nuestra conversación:

—De acuerdo, tengo entendido que ese tesoro es bastante grande, me quedaré con los lingotes y te dejaré todo lo demás para que puedas entregarlo al INAH, huiré del lugar antes de que ellos lleguen y jamás sabrán que fuiste parte del robo. Te quedarás como la persona que descubrió el tesoro y pondrás en alto el nombre de tu abuelo. Así todos ganamos.

—Lo siento, no puedo hacerlo, porque aun cuando la gente no sepa que fui parte de este robo, yo sí lo sabré y eso es suficiente para mí.
—Entiendo, en ese caso seguiremos nuestros caminos por separado. Sabes que no dejaré de buscarlo, ¿cierto?
—Y no me opondré a ello, siempre y cuando dejes en paz a Nathan.
—Descuida, él está bien. Puedes marcarle ahora mismo para decirle del rastreador, te diremos en dónde está para que pueda quitarlo, al igual que el micrófono. Después de todo, si él deja de buscar el tesoro y ustedes están separados, no tiene caso seguirlo.

En ese instante le marqué a Nathan para contarle. Lo escuché alarmado. Hicimos una videollamada y me mostró cómo se deshacía del micrófono y la cámara.

Los hombres se fueron y yo me dirigí a mi habitación para empacar y dejar el hotel. Debía alejarme de ellos inmediatamente.

Mientras estaba haciendo mis maletas, recibí un mensaje de Nathan. Me solicitaba compartir mi ubicación con él en tiempo real para saber que yo estaba bien. Le agradecí su preocupación y le dije que estaba bien, pero realmente me sentía asustada, así que decidí compartir mi ubicación.

A la mañana siguiente, yo ya estaba hospedada en una zona de campismo más adentro de la selva de Yucatán, pero esta vez no desempaqué nada por si debía salir huyendo. Me sentía paranoica, así que preferí pasar desapercibida. Ya había entregado el Jeep y los pagos los realizaba con dinero en efectivo. En la zona para acampar había un pequeño restaurante, donde pensaba hacer todas mis comidas mientras descifraba la siguiente pista.

Esa misma mañana, cuando salí de mi casa de campaña rumbo al restaurante para desayunar, vi a Nathan, estaba sentado en unos troncos cerca del restaurante con una taza de café en la mano que recién había comprado. Se puso de pie en cuanto me vio. Sin pensar nada, me acerqué a él y le di un abrazo, sonriendo. Después, me di cuenta de que quizá era inapropiado para él y me sentí extraña, por lo que me retiré y me disculpé, apenada. Él sonrió también algo apenado.

—Pero, ¿qué estás haciendo aquí?, entendí que no querías seguir con esto.

—Sigo dudando de que realmente exista un tesoro, pero me queda claro que esto es importante para ti, así que quiero ser parte de ello. Si estás de acuerdo, me gustaría llegar contigo hasta el final y ver qué encontramos.

Me sentí muy feliz de su propuesta, así que asentí con la cabeza y esbocé una gran sonrisa. Ya en el restaurante de la zona de *camping,* le compartí con lujo de detalle, pero en voz baja, lo que había vivido con los sujetos que me habían abordado en el restaurante.

Nathan comenzó a montar su casa de acampar junto a la mía; cuando acabó, entramos en mi tienda para ver el diario y revisarlo nuevamente, aprovechando que estábamos un poco más frescos y descansados mentalmente.

Necesitábamos ser más cautelosos y no hablar del diario o del tesoro en lugares públicos, así que comenzamos a murmurar dentro de la casa de acampar, buscando que nadie nos pudiera escuchar.

—"El secreto está resguardado debajo" —volvió a leer Nathan en el diario—. Si se refiere al inframundo, entonces podríamos considerar que se llegó a creer que el Mictlán estaba en Guerrero o en Oaxaca, pero estamos en el mismo punto, no tenemos idea de dónde buscar.

—Descuida, sé que lo resolveremos.

—Mira, también están estos glifos —mencionó Nathan mientras apuntaba hacia el diario de mi abuelo. Decidió pasar el resto de la tarde traduciendo aquellos glifos con las mismas notas de mi abuelo.

Esa noche, yo estaba fuera de la casa de campaña mirando hacia el cielo cuando se acercó Nathan y se sentó a mi lado.

—Ya tengo la traducción de los glifos, dice "El tesoro fue llevado a la estrella".
—¿Y eso qué significa? —pregunté con asombro.
—No tengo ni idea.

Nos quedamos fuera de las casas de campaña para ver un poco las estrellas y disfrutar de lo claro que estaba el cielo. Saqué mi silbato de la muerte que había comprado en la zona arqueológica de Chichén Itzá y comenté:

—Escuché que existe la creencia de que al tocar dos silbatos de la muerte al mismo tiempo se puede generar un efecto alucinógeno.
—Podríamos hacer la prueba con ambos, ¡por la ciencia! —mencionó Nathan mientras sacaba el suyo también y me sonreía.
—¡Por la ciencia! —respondí también con una sonrisa mientras chocamos nuestros silbatos, como cuando chocas dos copas de vino para brindar.

Tocamos los silbatos al mismo tiempo varias veces hasta que las personas que también estaban acampando en el lugar nos pidieron que nos calláramos, nos reímos a carcajadas y después comenzamos a poner atención a las constelaciones en el cielo, mencioné las que había aprendido a identificar con mi abuelo.

—Es maravilloso tener la oportunidad de ver las estrellas tan claras sin el ruido lumínico de la ciudad.
—Yo disfrutaba de ver las estrellas con mi abuelo; estábamos siempre al pendiente de todos los eventos astronómicos y los veíamos juntos desde el telescopio en su estudio, o salíamos a la azotea si era necesario.

En ese momento, pasó una estrella fugaz y ambos dijimos al mismo tiempo, sonriendo:

—¡Pide un deseo!

Nos miramos fijamente, mientras nos quedamos en silencio. Yo aparté la mirada y empecé a disfrutar del momento. El cielo estaba despejado, la luna lucía hermosa y nos brindaba un poco de luz, escuchaba algunos insectos y las hojas en la selva se mecían con el viento que rozaba nuestros brazos. El clima era perfecto, pero temía que, si nos quedábamos sin conversación, Nathan se despidiera y se fuera a dormir, así que le pregunté por su nombre.

—¿Qué es lo que significa la G en tu nombre?

Nathan sonrió apenado y me dijo:

—Es por Gaspard, pero no me gusta el nombre.
—Es curioso que lo ocultes, porque, ¿sabías que tu nombre es de origen persa y significa "administrador de tesoros"?
—Bueno, ahora me resulta un poco irónico que me hayan llamado así —dijo riendo para después añadir—. ¿Y el tuyo qué significa?
—Significa "lucero del atardecer".
—Entonces eres un hermoso sol —dijo Nathan mientras empujaba mi hombro con el suyo tímidamente y yo solo sonreí.

Debo admitir que no solo su sonrisa me parecía muy agradable, sino también su voz, que era grave y dulce a la vez. Eso, en conjunto con su propiedad al hablar, me parecía lindo.

A la mañana siguiente, Nathan me despertó entusiasmado.

—Encontré una anotación que me pareció importante —dijo mientras me mostraba el diario en una página que tenía escrito "Mayas ⇒ Teotihuacán"—. Algunos historiadores consideran que la ciudad de Teotihuacán fue construida por los mayas dado que se tiene conocimiento de que, cuando llegaron los aztecas, la zona ya estaba construida. Para algunos esto explica incluso las similitudes.

—Tiene sentido.
—Creo que deberíamos ir a Teotihuacán.

Y así lo hicimos. Cuando llegamos al aeropuerto, fuimos abordados por un par de personas que nos pidieron salir de la fila para hacer una revisión, nos dirigimos hacia un salón del aeropuerto, pero antes de que pudiéramos llegar sentí un pinchazo en el brazo, después de eso, no recuerdo nada.

Cuando desperté, me dolía la cabeza y me sentía aún algo adormilada. Miré a mi alrededor y estaba Nathan despierto.

Estábamos en un sitio oscuro y deteriorado, yo me encontraba sobre una cobija que estaba tendida en el suelo, el cual estaba bastante sucio, y había mucho silencio.

—¡Qué bueno que despertaste! —me dijo Nathan mientras se acercaba a mí.
—¿Qué pasó? ¿Tú sabes dónde estamos?
—No, pero creo que los dos hombres que nos separaron en la fila del aeropuerto nos drogaron y nos trajeron a este lugar.
—Es muy probable que sean personas que trabajan con Gus, él está ofreciendo compartir el tesoro a todos aquellos que lo ayuden a encontrarlo y con eso se ha hecho de bastantes aliados. Sabía que no nos dejaría en paz.

Observé más a detalle el sitio, no tenía ventanas, más que un par, eran pequeñas y estaban muy arriba, casi junto al techo. Supusimos que estábamos en un sótano y por eso estaba silencioso y oscuro; sin embargo, no había escaleras. Era difícil saber si habría alguien más cruzando la puerta. Nuestras cosas no estaban con nosotros, así que asumí que las tenían las personas que nos habían secuestrado.

Después de varias horas, abrieron la puerta, era Gus. Miré detrás de él y no pude ver a Raymond, en la puerta solo estaba el otro hombre que los acompañaba en el restaurante del hotel.

Afuera, había un pasillo que llegaba hacia una pared y dos lámparas en el techo que iluminaban el pasillo. A simple vista no pude ver las escaleras y tampoco nada que nos hiciera entender en dónde estábamos, pero supuse que el pasillo daba vuelta y por eso solo podía ver un muro al final del pasillo, lo que me hacía pensar que estábamos en un lugar subterráneo más grande que solo la habitación en la que estábamos.

—¿Ya lo pensaste mejor?, realmente prefiero hacer las cosas por las buenas. Mi propuesta de que dividamos el tesoro sigue en pie —dijo Gus desde la entrada. No se había acercado a nosotros y tampoco vi ningún arma con él.

—Lo siento, pero no puedo aceptar ayudarte a llegar al tesoro para que lo robes. He decidido no continuar mi búsqueda. Sé que no dejarás de buscarlo, así que estará más seguro si yo no te llevo a él. Por años, cientos de personas han deseado encontrarlo y decenas lo han buscado, pero no lo han logrado, lo que significa que el tesoro debe permanecer así.

Cuando dije esto, Nathan volvió a verme sorprendido y Gus se notaba realmente molesto.

—Como quieras —me dijo mientras salía, y nuevamente cerró la puerta.

Solos nuevamente, Nathan me preguntó:

—¿Realmente dejarás de buscar el tesoro?

En lugar de responder a su pregunta, hice señas tratando de explicarle que creía que nos estaban escuchando. Afortunadamente, creo que sí fui clara y Nathan entendió mi mensaje, por lo que bajó la voz y me dijo apenas murmurando:

—Debemos salir de aquí.

Miramos todo a nuestro alrededor, pero no teníamos ni idea de cómo lo haríamos. Le pedí a Nathan que me subiera para poder asomarme por las ventanas, pero cuando lo hice no reconocí nada, las ventanas estaban al nivel del piso de afuera, parecía un estacionamiento grande y descuidado, igual que la habitación en la que estábamos.

La hierba estaba crecida y se abría paso entre las grietas del pavimento. Varios de los bordes que delimitaban las llantas en el cajón del estacionamiento estaban destrozados y, fuera de su lugar, podía ver restos en el pavimento de algunas marcas de pintura azul que indicaban que se trataba de un lugar de estacionamiento para personas con capacidades diferentes.

Le pedí a Nathan que me ayudara a ver por la otra ventana. Cuando subí, vi prácticamente el mismo escenario, con la única diferencia de que en el pavimento había restos de una marca con pintura roja en forma de cruz, enmarcada por un cuadro color azul. Cuando me bajé, le dije a Nathan:

—Creo que estamos en un hospital abandonado, o al menos cerca de uno.

Pero no teníamos ni idea de cuánto nos habíamos alejado. Asumí que había pasado un par de días. Yo estaba asustada, así que le dije al hombre que nos había llevado alimento:

—Mis padres deben de estar preocupados, no he podido comunicarme con ellos y lo hago a diario.

Al poco tiempo de habernos dejado la comida, regresó con mi celular en la mano y me dijo:

—Envíales un mensaje y diles que no te habías comunicado porque perdiste tu celular y apenas compraste otro.

Extendió mi celular y se quedó observando mientras yo escribía el mensaje. Cuando terminé, lo leyó, y fue hasta que dio su visto bueno que lo envió y salió de la habitación nuevamente con mi celular.

Pero pude ver la fecha y la hora. Habían pasado dos días. Gus no volvió a aparecer y tampoco se presentó en ningún momento Raymond, así que pensé en la posibilidad de que en realidad este sujeto estuviera solo, a cargo de nosotros. Pensé que nos habían dejado encerrados para que yo accediera a trabajar con ellos, por miedo.

—Podemos intentar salir de aquí. Cuando entre el tipo con la comida lo golpeamos y salimos corriendo. En caso de que haya alguien más allá afuera, al menos tendremos más noción de lo que hay y podremos pensar en una forma diferente de escape.
—Eso podría pasar, pero también puede que nos dispare y no habrá segunda oportunidad.
—No creo que la indicación sea matarnos. Si supieran en dónde está el tesoro, no les interesaría tenernos aquí. Debemos intentarlo.

—De acuerdo, ¡hagámoslo!

Cuando el sujeto nos llevó la cena, lo golpeé en la entrepierna. Cuando se agachó, Nathan lo golpeó en la cara, con la rodilla; el sujeto cayó al suelo y aprovechamos para ir hacia la puerta; la cruzamos y, cuando miré hacia atrás, el hombre estaba intentando ponerse de pie. Nos miró furioso, así que me regresé a cerrar la puerta, así tendríamos un poco más de tiempo para poder salir.

Una vez que cruzamos el pasillo, llegamos al final y, tal como lo sospeché, daba hacia lo que parecía haber sido la morgue de un hospital. Las luces estaban apagadas, no vimos a nadie en el sitio y tampoco escuchamos ruidos o movimiento, así que buscamos nuestras cosas en esa zona y, una vez que las encontramos, sacamos las lámparas para darnos luz y seguir avanzando. Vimos unas grandes máquinas que parecían hechas para fundir metales, se veían bastante nuevas. Cuando notamos que parecía no haber nadie más, corrimos hacia la salida, siguiendo los letreros de la ruta de evacuación.

Una vez fuera del sitio, seguimos corriendo, queríamos alejarnos de ahí. Cuando llegamos a una zona que parecía más segura, nos escondimos. Revisé la ubicación en mi celular, y me di cuenta de que seguíamos en Yucatán.

Una vez que vi nuestra ubicación exacta, caminamos hasta llegar al centro comercial más cercano, compramos un par de celulares baratos y nos deshicimos de nuestros teléfonos. Luego solicitamos un taxi. Le pedí que nos llevara hacia la central de autobuses. Cuando llegamos, Nathan, confundido, me dijo:

—¿Por qué venimos a la central si tenemos boleto de avión?
—Ellos también saben eso, estuvieron escuchándonos por semanas, conocen nuestros movimientos y planes, así que debemos cambiarlos y pagar solo con efectivo de aquí en adelante.
—¿No dejarás de buscar realmente el tesoro, cierto?
—No, sabes que es algo que debo hacer, pero no quiero que estés en peligro por mi obsesión, así que llegando a CDMX podemos separarnos. Yo seguiré sola desde ahí.
—No te dejaría correr el riesgo sola. Podemos hacer más si estamos juntos.

Sabía que tenía razón, así que le sonreí y asentí con la cabeza.

En la central, nos subimos al autobús y trece horas más tarde nos bajamos en Chiapa de Corzo. Compramos algunas cosas sencillas para comer ahí, nos cambiamos de ropa y nos dirigimos hacia la central de autobuses de Tuxtla Gutiérrez, donde compramos boletos hacia Puebla.

Once horas y media más tarde llegamos a Puebla. Nos sentíamos cansados de las largas horas de viaje y abrumados por estar huyendo, tratábamos de pasar desapercibidos, por lo que hacíamos una ruta más larga.

En Puebla, decidimos hospedarnos en un hostal. A la mañana siguiente, nos dirigimos hacia la central de autobuses y compramos otro boleto, con destino a la Ciudad de México. Tres horas más tarde, llegamos.

No tenía idea si los hombres sabían dónde vivía, así que pensé en que lo más seguro era hospedarnos en un hostal cerca del Zócalo. Tenía la esperanza de que, si encontraba el tesoro e involucrábamos al INAH, Gus se daría cuenta de que había perdido su oportunidad y de que ya no tendría caso seguir buscándonos. Esa noche en el hostal, se acercó a mi cama Nathan y me dijo:

—He estado investigando en Internet sobre el hospital abandonado en el que nos dejaron, y mira lo que encontré —me mostró en la pantalla de su laptop la nota de un periódico que decía—: "El empresario Augusto Jones, heredero y ahora propietario de la famosa cadena de joyería 'Majestic', compra un antiguo hospital en territorio maya".

La nota estaba acompañada de una fotografía del empresario y sentí que mi cuerpo se heló cuando reconocí que no había duda alguna, era el mismo hombre que nos había estado persiguiendo todo este tiempo.

—Ahora entiendo por qué le interesan los lingotes... piensa fundir el oro y fabricar nuevas piezas de joyería en el hospital abandonado para después venderlas en sus tiendas, de esta manera no levantará sospecha ni preguntas respecto a dónde encontró los lingotes.

—Esto no es un juego para él. Tiene dinero y recursos —me dijo Nathan realmente preocupado.

—Por ahora no sabemos en quién podemos confiar, así que no podemos dar parte a las autoridades de lo que sabemos y de lo que nos hizo, pero nos encargaremos de él después. Por ahora solo hay que evitar que nos encuentre.

Esa noche no pudimos dormir. Sentíamos que podían estar pisando nuestros talones. Yo me había contactado con mi familia para no preocuparlos, pero Nathan había preferido no comunicarse con su jefa hasta que tuviera certeza de que podía confiar en ella.

—Creo que es conveniente que lleguemos a Teotihuacán mañana con un grupo de turistas para evitar sobresalir —le dije a Nathan mientras le mostraba en la laptop que había un *tour* que salía del Zócalo y llegaba directo a Teotihuacán, el cual incluía un viaje en globo para sobrevolar las pirámides. Él aceptó y preferimos levantarnos temprano para acercarnos al módulo de atención turística y pagar en efectivo. Así que, a la mañana siguiente, ya estábamos en el módulo a las 8:00 a.m., después de haber desayunado café de olla y unas tradicionales guajolotas.

CAPÍTULO 6
LA LLEGADA

Cuando llegamos a la zona arqueológica de Teotihuacán, el guía nos mencionó que tendríamos dos horas para pasear libremente por las pirámides y tomar fotografías después del recorrido en globo.

—Les recuerdo que no está permitido cruzar las vallas delimitadoras ni subir a las pirámides, ya que esto puede llegar a costarles una multa de 50 mil a 100 mil pesos. Desde el año 2008 está prohibido subir a ellas por motivos de conservación.

Después de las indicaciones del guía, todo el grupo nos dirigimos hacia la zona de despegue, donde ya se estaban levantando los globos aerostáticos.

Cuando nos encontramos en el aire únicamente Nathan, el piloto y yo, me olvidé del peligro en el que estábamos con Gus. La vista era preciosa, el tiempo era bueno para hacer el vuelo y era mi primera vez en un globo aerostático.

Durante el vuelo, sentí una especie de revelación. Mencioné en voz baja:

—"Fue llevado a la estrella" —miré a Nathan y le dije emocionada—, ¡no se refiere realmente a las estrellas en el cielo, sino a las pirámides, mira!

Apunté hacia abajo mientras veíamos las pirámides desde arriba del globo. Cuando Nathan las miró, pareció haber tenido la misma revelación que yo y dijo:

—La pirámide de la luna, la pirámide del sol y el templo de Quetzalcóatl guardan la misma relación entre sí que las estrellas del cinturón en la constelación de Orión, igual que las pirámides de Keops, Kefren y Micerinos en Giza. Pero, ¿cómo sabremos cuál de las tres pirámides es la correcta?
—¡Creo que tengo la respuesta! —sonreí juguetonamente y esperamos a que el globo aterrizara para recoger nuestras pertenencias.

Una vez en nuestro tiempo libre, saqué el diario de mi mochila y le mostré a Nathan lo último que escribió mi abuelo ahí.

—Cuando lo leí, pensé que era una especie de poema, pero ahora creo que era una pista:

"En el cenit de mi vida,
me encuentro mirando al sol
con la esperanza de ser visto iluminar
a donde los muertos van"

—Creo que se refiere a la Pirámide del Sol. En ella hay una cueva, "La Cueva de Soruco", tiene en su interior un marcador solar que registra el cenit del sol los días 19 de mayo y 25 de julio, exactamente veinte minutos después del mediodía, cuando la estela de luz que ingresa desde la parte más alta de la pirámide ilumina la laja rectangular de piedra colocada sobre un altar —mi abuelo me había contado de ella en muchas ocasiones.

—Tiene sentido que el tesoro esté escondido ahí, ya que, se sabe, fue la única pirámide que estaba cubierta con miles de toneladas de tierra que, pareciera, fueron colocadas intencionalmente en su superficie para que la pirámide quedara oculta antes de que fuera abandonada.

—Debemos ingresar a la pirámide por la noche y esperar a que llegue el mediodía con nosotros dentro. Si logramos esquivar a los guardias, ya no tendremos problema de ser vistos durante el día.

—Es un buen plan, solo me preocupa esquivar a los guardias por la noche y las *webcams* que están grabando 24/7, además, es posible ver la transmisión en vivo desde el sitio web oficial.

La preocupación de Nathan no era infundada, debíamos averiguar cómo entrar a la pirámide de noche sin ser descubiertos. Durante nuestro recorrido, fingimos ser una pareja de novios y nos tomamos muchas fotos y *selfies* para no levantar sospechas.

Además, en el punto de atención turística nos enteramos de que había un espectáculo nocturno en Teotihuacán. Sin pensarlo, lo reservamos.

Esa noche observamos el espectáculo. Sabíamos que se proyectaba justo sobre la Pirámide del Sol y que tenía una duración de treinta minutos, tiempo que tendríamos también nosotros para entrar a la pirámide sin ser vistos. Grabamos el espectáculo en su totalidad para lograr cronometrar todos los efectos, con la intención de saber en qué minutos la zona se quedaba más oscura. Aprovechamos también para observar a nuestro alrededor y ver cuántos guardias estaban en la zona y qué áreas eran las más cuidadas.

Esa noche, ya de regreso, tomamos los tiempos y sincronizamos nuestros relojes. Ahora sabíamos por dónde comenzar a subir la pirámide y en qué momentos podíamos avanzar con relación a la iluminación del espectáculo. Ya solo nos faltaba saber cómo llegar hacia la zona arqueológica, pues sabíamos que en cada *tour* el guía revisaba que los turistas regresaran, por lo que llegar por medio de un *tour* no era una opción. Investigamos las rutas en Internet y decidimos llegar en metro a la estación más cercana a las pirámides y de ahí irnos caminando.

Esa noche estábamos listos. Llegamos justo a tiempo para pagar nuestro acceso al espectáculo nocturno. Nos sentamos en la orilla para que fuera fácil salir de la multitud sin llamar la atención en cuanto las luces se apagaran por completo y dieran paso al comienzo del espectáculo.

Nos dirigimos hacia atrás de la pirámide, que estaba menos protegida en ese momento, y en cuanto comenzamos a escuchar las flautas de la música azteca que da comienzo al espectáculo comenzamos a ascender por la pirámide un poco agachados y pegados a ella para no ser vistos.

Una vez dentro de la Cueva de Soruco, permanecimos en silencio para esperar el amanecer, pero había algo más que no esperábamos encontrar.

—Me parece recordar que dijiste que no seguirías buscando el tesoro.

Entre la oscuridad, escuché la voz de Gus con una sonrisa burlona. Sentí que mi cuerpo se congeló. Me giré y alumbré con mi linterna, vi que lo acompañaban Raymond y el sujeto al que golpeamos en el hospital abandonado.

—¿Qué estás haciendo aquí? —pregunté titubeante por el miedo, pero también con enojo.
—Tú me trajiste aquí.

Mis ojos se llenaron de lágrimas al escuchar eso y sentí que mis piernas y brazos perdían su fuerza. Decepcionada, esbocé unas cuantas palabras:

—No, eso no es posible... tuvimos cuidado.

—El secuestro nunca fue con la intención de hacerlos cooperar. Revisamos sus cosas, sacamos una copia del diario de tu abuelo, el profesor Simón Navarrete, lo investigué en Internet y veo que era un arqueólogo experimentado; también coloqué rastreadores y micrófonos en ustedes para que me trajeran hasta aquí.

—Pero yo revisé la cámara de Nathan y nos deshicimos de nuestros teléfonos celulares.

—No podía arriesgarme a que los encontraras y te deshicieras de mí, así que coloqué varios, en distintas partes —se acercó a mí, comenzó a rodearme lentamente y apuntó—, por ejemplo, en tu reloj de pulsera, en tu linterna y en tus zapatos.

Después de escucharlo, me senté en el suelo, decepcionada.

—Tenías razón, Itzel, el tesoro estaría más seguro si realmente hubieras dejado de buscar, pero agradezco que no lo hicieras y ahora nos llevarás hasta él —lo miré y me quedé sin palabras.

Con un arma en la mano, se sentó junto a nosotros a esperar el amanecer. Así lo hizo también el hombre que parecía ser su sombra, mientras Raymond permanecía en la oscuridad y callado, solo observando a la distancia. Yo, sentada frente a Nathan, lo miré con culpabilidad, nada de esto estaría pasando si me hubiera ido con él a la Ciudad de México, cuando lo propuso; sin embargo, él me tranquilizaba diciendo "hiciste lo que tenías que hacer".

Apenas salió el sol, Gus preguntó ansioso:

—Muy bien, ¿qué sigue?
—Debemos esperar al cenit y ahí encontraremos la siguiente pista.

Al mediodía comenzaron a entrar los rayos del sol, caían hacia la laja, que se encontraba en el centro. Con el pasar de los minutos, el sol la fue cubriendo toda. Era un espectáculo maravilloso, todos quedamos asombrados, incluso Gus y Raymond.

Con la iluminación, noté que en una de las piedras que se encontraban posicionadas alrededor de la laja había un tallado similar a un calendario azteca, pero estaba incompleto, ya que solo se veían los primeros tres círculos. Al acercarme para verlo más detenidamente, toqué sus tallados y, por accidente, noté que el sol que estaba en el centro giraba. Eso me sorprendió bastante. Me acerqué más para verlo con detenimiento, luego mencioné en voz baja los versos del último escrito de mi abuelo:

—"En el cenit de mi vida, me encuentro mirando al sol, con la esperanza de ser visto iluminar, a donde los muertos van" —y repetí la última frase—, "iluminar a donde los muertos van"... ¡Se refiere al inframundo! —dije entusiasmada mirando a Nathan, que recién se acercó a mí para ver lo que estaba tallado en la piedra.

—Mictlantecuhtli, dios del inframundo, es representado siempre por un cráneo.

Despúes de que Nathan dijera esto, yo giré lentamente el sol hacia mi izquierda, haciendo que lo que parecía una flecha en la parte de arriba de su cabeza apuntara hacia el cráneo.

—¡Es asombroso! Tonatiuh, el quinto sol que representa el movimiento, realmente es la parte que está en movimiento dentro de este acertijo —mencionó Nathan admirado, con una ligera sonrisa en su rostro mientras sus ojos se iluminan.

En ese momento, escuchamos cómo se desplazaba el piso de piedra en el altar. A los pies de la laja principal se abrió una compuerta, mostraba un pasaje subterráneo que conectaba con un túnel de trece kilómetros de largo. Todos nos miramos sorprendidos, y entramos. El último en hacerlo fue Raymond, y el primero fue el guardia de seguridad de Gus.

A pocos metros de haber iniciado el recorrido, el túnel se dividió en tres caminos. A la entrada de cada uno había un perro xoloitzcuintle tallado en piedra, de unos sesenta centímetros de alto, sentado, mirando de frente; dos de ellos estaban pintados, uno en color blanco y el otro en color negro.

—Según el Mictlán, debías pedir la ayuda a un perro xoloitzcuintle para que te ayudara a cruzar. Si en vida habías tratado mal a los perros, no tenías permitido cruzar —mencioné de pie frente a los tres caminos, mirando a los perros de piedra—. Había nueve niveles. El alma que viajaba debía ser puesta a prueba para ser purificada. El primer nivel se llama Chiconahuapan o lugar de los perros, debes elegir al perro correcto para que te ayude a cruzar.

—Si le pides ayuda al blanco, él no aceptará, porque está muy limpio para hacer el viaje —complementó Nathan mientras se acercaba al perro blanco.

—Si le pides ayuda al perro negro, tampoco aceptará porque no lo verás. El perro correcto es el pardo —apunté hacia el perro que no tenía color adicional, más que el color natural de la piedra en la que estaba tallado, y agregué— ¡Es por aquí!

Avanzamos los cinco por el túnel custodiado por el perro pardo y, a unos metros, escuchamos un fuerte ruido. Notamos que los muros que estaban un poco más adelante se desplazaban rápido, cerrándose con fuerza para después volver a abrirse.

—Si pasamos por aquí, seremos aplastados —dijo el sujeto que acompañaba a Gus y a Raymond.

Gus nos miró con molestia a Nathan y a mí, y dijo:

—¿Nos equivocamos de camino?
—No. En el Mictlán, el segundo nivel o prueba se llama Tepectli Monamictlan o el lugar de los cerros que se juntan,

en él, los muertos debían buscar el momento oportuno para cruzar sin ser triturados —respondió Nathan mientras miraba cómo se movían los muros frente a nosotros.

—Eso significa que debemos pasar por seis pruebas más — dije preocupada.

De pronto, Raymond, que había permanecido en silencio, dijo:

—Si nos paramos lo más cerca que podamos de los muros cuando estén cerrados, podremos cruzar corriendo en cuanto comiencen a abrirse.

Después de dar la explicación, Raymond cruzó con éxito. Enseguida, Gus nos obligó a cruzar a Nathan y a mí. El último en cruzar fue "Shadow", yo no sabía su nombre, pero siempre acompañaba a Gus, por lo que lo apodé así. Todos lo miramos desde el otro lado, esperando a que cruzara. Se cerraron los muros frente a nosotros y, cuando comenzaron a abrirse, Shadow corrió hacia nosotros rápidamente, pero los muros empezaron a cerrarse nuevamente. Todos gritamos para que se apresurara, pero yo preferí cerrar los ojos para no ver lo que parecía una tragedia, mi corazón latió fuertemente y cuando escuché el estruendo de los dos muros cerrándose por un momento dejé de respirar. Abrí los ojos con miedo y cuando levanté mi cara... estaba Shadow de pie frente a nosotros. Sentí un extraño alivio al verlo con vida. De haber muerto, habría sido impactante para todos y hubiera sido un indicio aún más aterrador de los riesgos que nos esperaban en ese lugar.

Una vez que cruzamos todos, Gus nos apresuró para seguir adelante y, metros más tarde, nos encontramos con un montón de piedras puntiagudas, tipo pedernales, regadas por todo el piso.

—En el tercer nivel, el Iztepetl, las piedras desgarraban los cadáveres de los muertos cuando éstos tenían que escalarlos para continuar con su trayectoria —mencionó Nathan. Cuando vi a mi alrededor, noté que los muros tenían pequeños salientes de los que podíamos sujetarnos, como en una pared de escalada en los parques de diversiones.
—Debemos pasar por arriba hacia el otro lado, escalando para no tocar el piso.

Esta prueba la pasamos con un poco de menor dificultad, nos tomamos de los salientes, miramos hacia el muro, despacio, y con un movimiento a la vez, tratando de no mirar hacia abajo.

Nos dimos cuenta de que habíamos llegado a la siguiente prueba, el Itzehecayan, también conocido como "el lugar de los vientos de obsidiana", cuando uno de nosotros accionó una trampa. Alguien pisó una laja colocada estratégicamente en el suelo, lo que provocó que todo el lugar se llenara de humo.

Inmediatamente, les grité a todos que se quedaran quietos, y añadí.

—Estamos en el cuarto nivel, aquí el Mictlán lo describe como un sitio desolado que tenía una sierra con aristas cortantes en las que siempre caía nieve.

Me agaché para ver si sería mejor pasar por debajo, ya que sabía que el humo subiría, pero me di cuenta de que no solo salía de entre las paredes, sino también del piso, lo que hacía una neblina densa e impedía que pudiéramos ver algo. Sabía que no se desvanecería, pues no dejaba de salir de los conductos, entre las paredes y el piso. Solo quedaba cruzar a ciegas, así que mencioné que era importante no girarse y seguir caminando en línea recta, la única forma de coseguirlo era poniendo un pie justo delante del otro. Era importante no desviarnos porque no teníamos ni idea de lo que había más adelante y el humo podría ser solo la preparación para algo peor que nos provocaría la muerte.

Por cientos de metros, estuvimos caminando sin ningún indicio de otra prueba o de que estuviéramos llegando al final del túnel, todo era silencioso y oscuro, lo que nos ayudaba eran las lámparas que teníamos cada uno. Y de pronto se nos terminó el camino. Frente a nosotros estaba un inmenso pozo de unos cinco metros de diámetro, completamente oscuro en su interior, no teníamos ni idea de la profundidad que tenía y no había forma de cruzar hacia el otro lado. Gus lanzó una piedra hacia el pozo para darnos una idea de la profundidad, pero jamás escuchamos que cayera. Nos miramos todos sin decir una sola palabra, mientras Nathan se asomaba hacia el vórtice del abismo. Con una pequeña sonrisa, dijo:

—Estamos en el Paniecatacoyan, el lugar donde la gente vuela. Este es el quinto nivel del Mictlán. ¡Debemos dejarnos caer!

Todos lo miramos con sorpresa, algunos preguntaban si se trataba de una broma, pero me miró fijamente a los ojos y, con tranquilidad, me dijo:

—Confía en mí —y extendió sus brazos de frente al abismo, juntó sus piernas, cerró sus ojos y lentamente se dejó caer de frente.

Todos gritaron de asombro al verlo caer. Yo tenía miedo, pero confiaba en Nathan, así que en seguida hice exactamente lo mismo sin pronunciar palabra alguna a los demás.

Mientras caía, sentí un fuerte viento que me impulsaba ligeramente hacia arriba, lo que generaba resistencia a la caída, como si de una corriente provocada por un conducto de aire se tratara. Eso impedía que cayéramos abruptamente.

Caímos suavemente sobre el piso. Nos pusimos de pie, sorprendidos de que hubiera funcionado, estábamos completamente emocionados por haber pasado esta prueba y seguir con vida. Comenzamos a avanzar cuando vimos descender a Raymond, quien les explicó a los demás, allá arriba, que debían hacer exactamente lo mismo que nosotros, de lo contrario morirían.

Algunos minutos más tarde llegaron los demás, también con vida. Nathan y yo ya habíamos comenzado a avanzar. Gus y Shadow nos gritaron molestos que no nos estuviéramos adelantando y le reclamaron a Raymond por dejarnos ir. Él respondió con tono sarcástico:

—Mira a tu alrededor, ¿a dónde pueden ir?

Corrieron para alcanzarnos. Gus, molesto, me detuvo. Gritándome, me dijo que no volviera a separarme del grupo. De pronto, una flecha llegó directo a la pierna de Gus, quien se dobló inmediatamente por el dolor. Shadow se acercó a revisar su herida. Otra flecha pasó a nuestro costado. Asustados, corrimos. Mientras, Shadow y Raymond ayudaban a Gus.

—Esta es la sexta prueba, el Timiminaloayan, "el lugar donde la gente es flechada". Debemos esquivar las flechas para poder pasar —dijo Nathan.

Me pregunté de dónde salían las fechas. En los muros, vi cuatro figuras talladas, cada una a diferente nivel de altura, y de cada una de ellas, cada diez segundos, salía una flecha. Me quedé observando para ver si podía entender el patrón, y lo hice.

—La primera flecha salió de ese tallado, es el sol jaguar, representa el elemento tierra, por eso le dio en la pierna a Gus; la segunda flecha salió de ahí, es el sol del viento y está consecutivamente a la izquierda en el calendario azteca; si seguimos con este orden, el tercer sol es del fuego y el cuarto es el sol del agua —mencioné mientras apuntaba hacia los tallados en el muro de piedra.

En ese momento, se cumplió mi predicción, por lo que todos pudimos esquivar la flecha. Con esa información, pudimos esquivarlas y cruzar el nivel de Timiminaloayan.

Gus fue quien batalló más, pero Shadow lo ayudó. Una vez que cruzamos, y ya a salvo de las flechas, Gus volvió a sentarse en el suelo y Shadow le quitó la flecha de su pierna. Enseguida, le ató un pañuelo a la herida y se le detuvo el sangrado.

A pesar del dolor, Gus debía continuar para salir del túnel. Tenía la motivación de llegar al final, pues deseaba encontrar el tesoro, después de todo ya había logrado pasar casi todas las pruebas del inframundo azteca.

Continuamos avanzando, pero ahora íbamos más lento debido a la herida de Gus. Luego de algunos metros, encontramos una cámara y entramos con cuidado. Todos nos quedamos estupefactos al ver en el centro de ella una gran piedra circular; cerca de ella, había una escalinata de cinco peldaños que conducía a una gran puerta rectangular, también de piedra. Tenía un tallado del dios Tonatiuh y un impresionante marco con símbolos aztecas. El tallado era sorprendente y todo en la cámara tenía perfección simétrica.

Mientras Gus descansaba un poco, nos acercamos Nathan, Raymond y yo a observar todo. En la piedra central estaba un grabado que parecía ser la escena de un sacrificio azteca. En ella se podía ver claramente cómo uno de los aztecas estaba de pie sosteniendo un cuchillo con empuñadura en forma de jaguar, apuntaba hacia el pecho de otro hombre que parecía recostado boca arriba sobre el centro de la piedra. En la piedra había unos surcos que iniciaban en el centro, por la parte superior, y bajaban por unas ranuras.

—Parece que estamos en el séptimo nivel, llamado Teocoyohuehualoyan, donde los jaguares abrían el pecho del muerto para comer su corazón —comentó Nathan mientras veía la escena tallada en lo que parecía ser una piedra de sacrificio.

Con cuidado, saqué una botella de mi mochila y vertí agua sobre la hendidura de la parte superior de la piedra circular. Todos me miraron con asombro, gritando:

—¡NOOOO! ¡¿QUÉ ESTÁS HACIENDO?!

No alcancé a pronunciar palabra alguna cuando comenzó a moverse hacia adentro la gran puerta de piedra que se encontraba al final de los cinco peldaños en la escalinata, era como si estuviera yendo hacia atrás, permitiendo que viéramos el acceso. Todos me vieron sorprendidos y yo respondí tranquilamente:

—Es probable que los aztecas usaran la sangre de un hombre sacrificado para hacer que el sistema de engranes funcionara, pensé que el agua produciría el mismo efecto.

Sonreí y todos subimos la escalinata, entramos por la puerta que se acababa de abrir y pasamos al siguiente nivel. Apenas cruzamos la puerta, notamos que el túnel se había hecho más estrecho y bajo. En seguida, la puerta se cerró abruptamente detrás de nosotros y comenzó a escucharse un estruendo al interior del túnel. Dimos unos pasos hacia adelante cuando notamos que de ambos lados del túnel desembocaban dos salidas por las que se acercaba un enorme chorro de agua. Corrimos lo más que pudimos.

El agua estaba lodosa debido a la cantidad de tierra y piedras que había recogido a su paso. Nos arrastró con fuerza y no pudimos sujetarnos de nada. Lo único que podíamos hacer era tratar de mantenernos a flote y no ahogarnos.

Las piedras nos golpeaban con fuerza en los brazos y piernas. No teníamos idea hacia dónde nos llevaba la corriente. Tratamos de no ser aventados hacia los muros para no golpearnos. El miedo nos invadió a todos.

Calculo que los rápidos nos debieron de haber arrastrado unos cinco kilómetros, hasta que caímos por un precipicio de cuatro metros hacia un estanque profundo, y el agua que nos había llevado hasta ahí siguió cayendo en forma de cascada lodosa.

Cuando salimos hacia la superficie, notamos en uno de los extremos del estanque una escalinata que conducía a tierra firme. Salimos por esas escaleras perfectamente bien talladas, y ya en tierra firme nos quedamos un momento recostados boca arriba para poder recuperarnos. Estábamos exhaustos, yo sentía una presión grande en mi pecho y tenía algunas heridas en mis hombros y rodillas.

Después de unos minutos, Raymond mencionó que no era seguro quedarnos ahí, debíamos seguir avanzando, ya que no teníamos la menor idea de cuánta agua seguiría entrando, pues después de varios minutos la cascada no disminuía su caudal. Nos pusimos de pie y seguimos caminando.

Después de varios minutos de recorrido en la siguiente etapa del túnel, encontramos otra cámara. Esta era pequeña, tenía escasos nueve metros cuadrados de superficie y solo dos metros de alto. Había glifos tallados en los muros, en la piedra caliza se notaba algo de moho verde y había varias piedras talladas con figuras tiradas en el suelo de la cámara.

Con miedo, entramos solo Nathan y yo a la cámara, y apenas pisamos el suelo dentro de ella, el único acceso fue bloqueado por una laja grande de piedra que nos dejó encerrados dentro. El agua comenzó a filtrarse rápidamente por las paredes. Al cabo de unos pocos minutos, ya teníamos el agua a la altura de nuestras pantorrillas.

—Si no desciframos esta última prueba rápido, la cámara se inundará en poco tiempo y moriremos ahogados —le dije a Nathan, aterrada.

—Estamos ya en el último nivel, el Chicunamictlán, aquí el alma es liberada completamente de los padecimientos del cuerpo —me dijo Nathan con voz sombría y su rostro se quedó inerte, era como si estuviera seguro de que moriríamos ahí.

Yo no podía hacerme a la idea de que habíamos pasado por tanto para terminar muriendo en el último nivel.

—Si los aztecas no querían que alguien encontrara su oro, no habrían elaborado un plan tan detallado para que lográramos pasar por cada prueba, habríamos muerto desde el principio. ¡Debe haber también una forma de salir de aquí!

Aunque estaba desesperada, me puse a observar cuidadosamente los muros en la cámara, los tallados y cualquier cosa que fuera una pista. En el primer muro, a la izquierda de la puerta lisa que se había cerrado, había un tallado:

En el siguiente muro, a la izquierda, había veinte espacios cuadrados en bajo relieve de una pulgada de espesor, aproximadamente, como parte del muro de piedra; también a la izquierda, pero tallado en el tercer muro, estaba la representación de Mictlantecuhtli y Mictecacihuatl.

Noté que las piedras planas talladas en el piso tenían la misma forma y espesor que los espacios en bajo relieve del segundo muro. Mientras yo estaba observando esto, Nathan identificó que el primer tallado en el muro eran números.

—La primera línea de arriba representa al número 365 y la segunda línea representa el número 18.
—¡Claro, es un acertijo! Es el calendario maya. La primera línea son los días del año y la segunda línea son los meses, ya que para los aztecas el año tenía dieciocho meses, en lugar de doce, como ahora —mencioné sumamente emocionada.

El agua nos estaba llegando por encima de la cintura, no teníamos ya demasiado tiempo, pero me sentí con esperanza. Nathan se giró hacia el segundo muro y mencionó:

—Hay veinte espacios, según el calendario azteca cada mes tiene veinte días, ya que hay cinco días más que son festivos y suman el total de 365 días del año.

Enseguida saqué algunas monedas de mi bolsa del pantalón, el agua ya me llegaba al pecho, así que levanté mis manos con cuidado para elegir una de dos pesos mexicanos, regresé con un poco de dificultad las demás monedas al bolso de mi pantalón y añadí:

—El segundo círculo del calendario Azteca representa los veinte días del mes, ¿correcto?

Comencé a ver la moneda levantando los brazos, la presión del agua en mi pecho me impedía respirar cómodamente, traté de impulsarme con mis piernas hacia arriba para salir un poco del agua y respirar profundamente, seguido de ello, me sumergí hacia el fondo para tomar una de las placas talladas en piedra y le mostré a Nathan que cada placa representaba uno de los días del mes, mientras le mostraba el mismo tallado en la piedra y en el círculo exterior de la moneda.

—Bien, comencemos a colocarlas en orden como aparecen en la moneda, iniciando desde la parte superior, y sigamos hacia el lado contrario de las manecillas del reloj —me dijo Nathan con voz sofocada, también le estaba costando trabajo respirar.

Ambos vimos la imagen en la moneda para luego buscarla entre los dos en el fondo de la cámara.

Minutos más tarde, el agua ya casi cubría todo por completo, pero aún podíamos impulsarnos un poco hacia arriba para tomar algo de aire del espacio que quedaba aún libre de agua.

Colocamos las veinte piedras talladas en su lugar, pero no pasó nada. El agua se infiltró y cubrió por completo la cámara, ya no teníamos forma de tomar aire y sabíamos que era cuestión de un par de minutos para que colapsáramos. Me rendí. Miré a los ojos a Nathan como pude. Quería despedirme de él, pero se había ido al fondo de la cámara a buscar el tercer muro, en donde estaba tallada la representación de Mictlantecuhtli y Mictecacihuatl; las presionó con fuerza. Enseguida, notamos que unas pequeñas compuertas en el suelo se abrieron y el agua comenzó a descender.

Fui a abrazar a Nathan y, en cuanto pude respirar, lo besé. Cuando me percaté de lo que había hecho, me retiré un poco con una sonrisa y le dije lo muy agradecida que me sentía de estar viva. Él me correspondió con otro beso.

Cuando el agua descendió, se derrumbó frente a nosotros el muro en donde estaba Mictlantecuhtli y Mictecacihuatl, revelando así el inmenso tesoro.

La siguiente bóveda era alta y muy amplia, llena de joyería, hecha de oro y piedras preciosas, vasijas y un montón de lingotes de oro. En ese momento, sonó una notificación en el reloj de Nathan. Comprendimos que ya teníamos señal, así que envió un mensaje a su jefa, tal como lo había prometido, para decirle sobre el hallazgo. Ella le pidió su ubicación, pero no sabíamos dónde estábamos. Habíamos recorrido el extenso túnel por horas, así que definitivamente ya no estábamos cerca de la Pirámide del Sol.

Su jefa le dijo que intentarían pedir apoyo para rastrear su reloj y saber en dónde estábamos. Varios minutos más tarde, ella le envió un mensaje de voz que nos dejó atónitos:

"No lo entiendo, el satélite los ubica en el Nacional Monte de Piedad, pero a esta hora ya está cerrado. ¿Están ustedes dentro?".

CAPÍTULO 7
UN GRAN DESCUBRIMIENTO

Después de que escuchamos la ubicación, nos miramos sorprendidos y dije:

—Significa que estamos justo debajo del antiguo palacio de Axayácatl.
—El oro siempre estuvo en donde mismo, pero en otra cámara que los aztecas mantuvieron en secreto para los españoles.

Ambos sonreímos por la ironía y la emoción. Habíamos descifrado el gran secreto que guardaron los aztecas muy astutamente por años y estábamos frente al más grande tesoro jamás encontrado. Nuestra emoción se vio interrumpida por otro mensaje de voz:

"Necesito saber en dónde están exactamente para poder llegar a ustedes".

Nathan respondió con preocupación:

"No estamos seguros en qué zona del Nacional Monte de Piedad nos encontramos. Estamos en una cámara subterránea, pero tampoco sabemos a cuántos metros por debajo del suelo estamos".

"¿Creen tener suficiente oxígeno mientras los encontramos?", respondió su jefa con voz preocupada.

"Creo que sí, la cámara es muy grande", dijo Nathan mientras iluminaba con su linterna hacia el interior.

"Excelente, no se desesperen, los encontraremos".

Asombrado por el tamaño de lo que se alcanzaba a ver, Nathan comenzó a caminar hacia el interior. Lo miré, caminé hacia él y desde su reloj le mandé un mensaje de voz a su jefa:

"Hay tres hombres que estaban con nosotros y se quedaron detrás, fuimos separados por un gran muro de piedra y no sabemos cómo se encuentran ahora, pero deben tener cuidado... traen armas".

"¿Cómo que traen armas? ¿quiénes son?", me respondió.

Al escuchar preocupada a su jefa, Nathan añadió:

"Cuando salgamos de aquí te contaré todo, pero por ahora creo que es importante solo mencionar que no están de nuestro lado".

"Entiendo, trabajaremos por sacarlos también. Mantengan la calma".

Pasé de la emoción desbordada a la angustia. No sabíamos cuánto tiempo tardarían en sacarnos, y me preguntaba en silencio si realmente teníamos oxígeno suficiente. Nathan se veía más tranquilo que yo, aunque pienso que intentaba mantenerse así para tranquilizarme.

Él comenzó a recorrer la cámara. Iluminaba todo lo que había; era impresionante el tamaño del sitio. Tenía quizá unos cuatro metros de alto, pero no podía calcular el largo y el ancho, pues había poca luz y muchas cosas. Tenía varias columnas en su interior, bastante anchas y talladas, con hermosos relieves. Esas columnas evitaban que colapsara el techo.

El tesoro era verdaderamente inmenso, había miles de lingotes de oro apilados unos con otros, hermosos penachos, collares y aretes hechos de oro y piedras preciosas. No pude evitar preguntarme qué habría hecho mi abuelo si hubiera alcanzado a hacer él tal descubrimiento.

—¿Te habías imaginado estar frente al tesoro más grande del mundo? —le pregunté a Nathan.
—Jamás creí tener esa gran suerte. Somos los primeros en presenciar la maravilla de una cámara oculta, intacta por el paso del tiempo, y los primeros en poder admirar la belleza de toda esta riqueza dentro de ella, este es el verdadero tesoro para un arqueólogo. Aunque después esto se exhibirá en los museos, haberlo descubierto y verlo aquí por primera vez

nunca se borrará de mi mente. Es la experiencia de lo vivido el tesoro con el que te quedas al final.

Nathan me miraba con sus grandes ojos café miel, llenos de brillo, y sonreía con gran satisfacción. Esa era una respuesta que me daba mi abuelo a través de Nathan. Me sentí agradecida y satisfecha.

Pasaron algunas horas. No escuchamos ruidos ni señales de que estuvieran cerca. El cansancio nos tenía ahora sentados en el piso de la cámara, uno a un lado del otro, con las piernas extendidas y nuestra espalda recargada en uno de los muros de la cámara.

—¿Crees en las maldiciones? —le pregunté con seriedad a Nathan.
—¿Por qué lo preguntas?
—Raymond me contó de la maldición que se dice que encierra este tesoro, ¿crees que moriremos aquí?

Nathan dirigió su mirada hacia mí, en silencio, y con una ligera sonrisa de lado que acentuaba el hoyuelo en su mejilla izquierda, pasó su brazo derecho por mi espalda. Me acercó hacia su pecho y con un tierno abrazo recargó su cabeza sobre la mía. Luego, me dijo:

—Te prometo que no moriremos aquí.

Escuchar el resonar de su voz en su pecho y la calidez de sus brazos me hicieron sentir un poco más tranquila.

Después de varias horas escuchamos el ruido de una gran maquinaria. Nos pusimos de pie y recibimos un nuevo mensaje de voz de la jefa de Nathan.

"Logramos detectar dónde están. Ahora están haciendo un túnel desde la calle lateral para llegar a ustedes".

La luz de un par de personas con casco que se acercaban a nosotros en cuclillas por un pequeño túnel nos dio esperanza.

Para salir a la calle, nos arrastramos por el túnel. Lo primero que vi fue la oscuridad de la madrugada. Yo salí primero y detrás mío salió Nathan. Me sentía un poco desorientada y agotada. Veía a mi alrededor y solo podía ver a una multitud de personas rodeando el lugar detrás de un listón amarillo que delimitaba el sitio. Me encandilaron las luces de las farolas en la calle y el intenso resplandor de las luces de las ambulancias que ya estaban esperándonos sobre la calle. También, me lastimaron los *flashes* de las cámaras de la prensa.

Se acercó rápidamente Miranda, la jefa de Nathan, que se presentó conmigo. Detrás de ella, venían dos personas importantes del INAH. Nos extendieron su mano y se presentaron.

Miranda nos llevó hacia las ambulancias y ella se hizo cargo de atender a la prensa. Entusiasmada, le advirtió a Nathan que había mucho trabajo que hacer.

El sol comenzaba a salir. Sentados en la orilla de la ambulancia nos confirmaron que solo teníamos pequeñas heridas y raspones, pero que estaríamos bien. Sentía en mi rostro los tenues rayos del sol. Miré a Nathan sonriendo.

—Bueno y..., ¿ahora qué sigue?

Nathan también me sonrió. Respondió:

—¿Aceptarías tener una cita conmigo?

Sonreí. Me sentí muy emocionada y feliz. Sin dudar, acepté. Me puse de pie frente a Nathan, que estaba aún sentado en la orilla de la ambulancia, y lo besé.

Mis padres estaban angustiados, me esperaron entre la multitud hasta que los dejaron pasar. Mi madre corrió a abrazarme y lloró al verme con vida. Se habían enterado por las noticias que estábamos atrapados y había pasado varias horas en la calle esperando a que nos rescataran. Yo también lloré y entre lágrimas les dije:

—¡Lo logré!
—Tu abuelo estaría muy orgulloso de ti.

La nota fue publicada por la prensa como el mayor descubrimiento realizado por el arqueólogo Nathan G. Levesque de la UNAM e Itzel Navarrete, arquitecta y nieta del famoso arqueólogo Simón Navarrete.

Días más tarde, nos enteramos de que lograron rescatar a Raymond, Gus y Shadow, realmente llamado Albert. Los tres fueron puestos en prisión por el FBI en Estados Unidos al descubrir, gracias a nosotros, el negocio ilícito que tenían. Tuvieron que pagar 47,990 dólares como sanción por intento de robo al patrimonio cultural de México.

Su tienda de joyería llevaba tiempo siendo una extraordinaria pantalla para vender oro robado. Desde hacía décadas había una "pandilla" que robaba piezas de oro a familias adineradas de Estados Unidos. Los ladrones y las joyas nunca se volvían a ver. Fundían el oro y fabricaban con él piezas nuevas para venderlas en sus famosas tiendas.

Nathan obtuvo una beca para estudiar su maestría y yo regresé a vivir a casa de mis padres. Puse mi despacho de Arquitectos y Nathan y yo nos hicimos novios formalmente.

Ahora puedo compartirte con seguridad que la mayor herencia que me dejó mi abuelo fue Nathan.

Made in the USA
Coppell, TX
03 September 2023

21159528R00066